AF435166

El algoritmo de Emma

¿Estás dispuesto a revivir el amor en el año 2120?

El algoritmo de Emma

¿Estás dispuesto a revivir el amor en el año 2120?

Lourdes Prado Mendez

Prado Mendez, Lourdes
   El algoritmo de Emma : ¿estás dispuesto a revivir el amor en el año 2120? / Lourdes Prado Mendez. - 1a ed - Ciudad Autónoma de Buenos Aires : Lurdes Mariza Prado Mendez, 2022.
   138 p. ; 20 x 14 cm.

   ISBN 9798416710019

   1. Novelas Románticas. 2. Ciencia Ficción. 3. Cuentos Fantásticos. I. Título.

https://lourdespradomendez.site/

www.amazon.com/author/lourdes.prado.mendez

1

Pobre Emma que hendiendo la ciencia buscó; prisionera de sus propios sueños se encontró huérfana de cordura, embebida en aquellas canciones que tanto amó.

El aire excesivo le hacía colapsar sus pulmones cada vez que la locura la abrazaba, era una condición, una forma de ser que la aquejaba, persiguiéndola de manera obsesiva. Los intelectuales más sabios aclamaban con orgullo la extraña personalidad que a ella la acosaba, claro, pues no la sufrían. Solo vestían títulos doctorales, honores y trajes elegantes entre sus palabras y trabajos, alardeando con afecto, devoción, sin escrúpulos, las virtudes que ellos, envidiosos, jamás tendrían … el amor de Emma.

Pero su locura era quizá la más sana, noble y sincera que pudiera tener. Ella se había enamorado, amor que algunos llamaban maldito; otros, inteligente, genuino, o perdido… Aunque la realidad era que estaba más allá de todo aquello y pocos hombres en el planeta tendrían tan bendita rareza en sus cerebros para imaginar y lograr hacer lo que esa señorita un día se propuso, recuperar el romance perdido. Su actitud perduró insistente a lo largo de los meses, sumando más páginas a su romántica historia. Pero, ¿cómo comenzó todo? Con sus narices metidas entre los libros de romance.

Emma leía no solo en las hojas, también en su mente y corazón, esa lectura se acumulaba e impregnaba en su piel.

Allí estaba ella frente a estos sabios, para muchos, desafiante, algunos esperando sonrientes a que cayera en el lodo del fracaso; otros, como hienas a la espera de robarle el secreto para llevárselo a su cueva.

Todos estaban expectantes a lo mismo, ¿lo conseguiría?, o preguntándose si sería solo un delirio, una parte de ese mal llamado trastorno que ella tenía.

En fin, ellos, los más distinguidos académicos, aguardaban entre sombras a que esa mujer diera o no con el resultado de su alocado proyecto, ese que emprendió con todo el conocimiento recolectado… revivir al amor de su vida, allí en el año 2120.

El monoambiente en el que David vivía era tan pequeño como la fresca ciudad de Bonn en el mapa planisferio.

Ese rincón del mundo al que había llegado de casualidad, hurgando en los vaivenes de la vida; a pesar de que a cualquier invitado le resultase tan poco espacioso e incómodo como un ataúd, a él lo hacía el hombre más feliz. Caminar descalzo por ese suelo minúsculo de escasos metros cuadrados lo conectaba con aquello que había dejado tiempo atrás, los orígenes de la calidez e intimidad.

El porte de David no era menos que el de un rey, no muy alto pero elegante. Era un soltero de veintiséis años, altanero y distante por momentos, tornándose pícaro e incorregible en otros. Aunque siempre atento a todo lo que lo rodeaba. Siendo así conoció a Emma.

La oía todos los santos días escuchando la misma melodía, y si no, era recitando una y otra vez la carta de su artista favorito, ese que a David ya lo sacaba de las casillas. La rutina de Emma era demasiado fija para su gusto, sobre todo porque incluía ser testigo cientos de veces de la misma canción.

Quizá no le hubiese molestado tanto la repetición si no fuera por el hecho de que él era un pianista y le era imposible practicar con ese artista sonando interminablemente.

David elevaba la mirada y agradecía al cielo los días miércoles, pues Emma se dedicaba a escuchar usando auriculares, aquello era sin duda un gran alivio para los oídos torturados de David, que de solo escuchar en esos tres años que se encontraba alquilando allí, aprendió a tocar al menos treinta versiones de aquella canción, reproducida miles y miles de veces sin dignarse a ser bajada de volumen.

La conoció descalzo, con facha desprolija, haciendo combinación con su apartamento, que siempre estaba patas para arriba, pero encantador luciendo su actitud y porte.

David intentaba practicar unas melodías propias en su piano, pero dieron exactamente las diez y quince minutos de la mañana cuando comenzó a sonar la pieza que traspasaba la fina pared de durlock de los dos monoambientes.

La primera semana que arribó de aquella lejana mudanza no le llamó la atención, ni la segunda. Pero a la tercera semana al menos lo intrigó.

—Una señora romántica —se dijo a sí mismo David, riendo entre dientes, restándole importancia.

Así, al menos él, la imaginaba, señora y mayor, porque la música que ella escuchaba pertenecía a un artista de hacía muchísimos años. Lo sabía muy bien por todo lo que había tenido que estudiar en la academia de música; en muchos de sus apuntes había canciones o menciones de esa figura, eminencia del romanticismo; un compositor, pianista y director de orquesta que había pasado a mejor vida hacía 329 años. Ese género de galantes que en aquella época ya no había. Ella estaba obsesionada de amor por Ludwig van Beethoven. Ninguna chiquilla investigaría música de aquellos años, no al menos como se daba todo en aquellos tiempos, en las épocas de David y Emma.

Una remota semana, la rutina de su vecina se repetía puntual, haciendo visible su existencia como las históricas campanas de Notre Dame.

Ese día comenzó a preocuparse, «pero, ¿cuánto más insistirá con lo mismo?», pensó David algo molesto. Ese interrogante lo llevó a tomar una decisión. De manera suelta, floja, como él era, se dirigió a la puerta de aquella supuesta mujer mayor que lo intrigó en un comienzo y fastidió los últimos días.

No se tomó el trabajo de ponerse algo en los pies, tal como estaba y con algo de aire rockero, golpeó a la puerta como se hacía ancestralmente, ignorando la voz mecánica que lo anunciaba de manera cortés que, a lo contrario de David, se le daba tiempo para escanear a quien se presentara y así anunciarlo en la residencia, ahorrando el nudillo en madera.

—Se encuentra alguien en la puerta de entrada, lo identificamos como su vecino David Grunsfeld—anunciaba una voz de locutora cálida, pero robótica, hacia el interior.

A los escasos segundos la puerta se abrió al oscuro pasillo, iluminando en contra luz la figura de Emma, de mediana estatura, con un cuerpo rollizo de varios kilos de más. Se acercó unos pasos a él dejando descubrir una cara juvenil y llena de vida. Era hermosa, su cuerpo y rostro dibujaban en armonía una apariencia bella que a David asustó. Ella, sin duda, lo tomó de sorpresa, no era nadie mayor, sino una muchacha de veinticinco años, radiante, sobre todo llamativa.

Su instinto primitivo lo llevó a observarla, perdiéndose en sus hormonas que le exigían ser al menos amable y galante. Pero él estaba allí por otra cosa… para quejarse.

—Buenas, ¿sos…? —preguntó David en espera de que ella se presentase.

Ya sabía que el sistema de inteligencia artificial lo habría anunciado apenas se paró en la entrada. Cuando se tramitan los documentos de identidad, las fotografías de las personas son usadas para automáticamente registrarlas en el sistema general de cámaras de seguridad que todos tenían en sus casas. Un método revolucionario para el aumento de seguridad doméstica.

David aguardó un momento a que ella respondiera su nombre, pero no fue así.

—¿Qué quiere? —lo interrogó Emma cortante al apenas verlo a los ojos, en evidencia de nervios o apuro.

—Sí, discúlpame, soy tu nuevo vecino, David, mucho gusto, ¿vos sos…? —preguntó nuevamente cauto.

—No es su asunto quién soy yo, y no me tutee que no lo conozco. Agradezca que le abrí la puerta, si hace un movimiento extraño, activo mi botón de pánico —advirtió ella en tono firme.

David se sintió desorientado, como si alguien hubiese dado una pequeña sacudida a su mundo rutinario. Porque esa anciana que imaginaba en realidad era joven y peligrosamente bella, y sin dudas algo extraña, así al menos él la percibió por aquellas cortantes y secas palabras. También se quedó sin comprender por qué no le dejaba tutearla. «¡¿Qué le pasa a esta chica?!, ¡estamos en el 2120!».

—Debemos tener la misma edad —dijo David algo herido por sentirse de alguna manera retado.

—No, dudo que tengamos la misma edad, igualmente *casi* no es la misma —sentenció con el ceño fruncido.

David volvió a sorprenderse, concurrió allí para quejarse de esa canción que se repetía de manera compulsiva y, en vez de eso, estaba siendo retado por una atrevida de su misma edad que se creía más grande o importante que él como para tener que ser tratada de usted. No, de ninguna manera lo permitiría, él tenía su dignidad y así intentó hacérselo saber.

—Bajá la música, me estás torturando con esa canción, hace meses que la escucho sin parar, arrancas a las… —dijo seguro David, pero de inmediato fue interrumpido y no pudo concluir, porque ella acababa de ignorarlo, lanzándole la puerta en sus narices junto a un gran golpe.

2

Algunos meses habían pasado de aquel caótico encuentro en el cual David había sido enclavado, quizá por primera vez en su vida, sin ninguna explicación, sin ningún aparente remordimiento, así como la nada misma, la gran puerta blindada se había incrustado a escasos centímetros de sus narices.

La casa de David estaba como siempre, desordenada, con sus cosas estorbando, ocupando los pocos metros que tenía para desplazarse. Buscaba algo que, por supuesto, en ese caos no se reconocería, pero entre unas mantas desarregladas halló su viejo heredado reloj digital, se sorprendió que aún tuviese carga, habían pasado varios días de la última vez que lo extravió, tal como el celular en forma de anillo que buscó insistente, pero sin éxito, antes. Miró el reloj sonriendo.

—10:14, en exactamente un minuto comenzará —se dijo resignado David.

El minuto avanzó sigiloso, cuando marcaron las 10:15, como él esperaba y se sucedía desde el primer día que llegó a ese lugar, la misma melodía comenzó a sonar.

—Puntual como siempre —agregó David, y volvió a tirar entre las mantas el reloj, hastiado, para continuar buscando el anillo.

Solo él era capaz de perderlo, nadie se lo quitaba, era como sacarse un pulmón en aquellas épocas, salvo David que vivía como sentía cada momento, libre de ataduras tecnológicas. Pero, para su desgracia, necesitaba el anillo que no encontraba y parecía haber sido devorado en aquel triangulo de las Bermudas que habitaba.

—¿Qué voy a hacer? —se preguntó preocupado.

Tenía que llamar a la escuela donde daba clases para avisar que amaneció engripado y no iría a cumplir con sus funciones habituales.

—Me siento pésimo, no puedo ir así —se dijo a sí mismo mientras la canción vecina se introducía insistente en su dolorida cabeza.

En esos momentos solo quería informar que no asistiría a su trabajo, hacía muchos años tenía el cargo de titular en la clase de arte en una escuela primaria y esta sería la primera vez que se ausentaría. Pero si no podía notificar a la brevedad que no concurriría, al menos intentaría con su, ahora joven y mal educada, vecina que baje el volumen para que respetase su afligido estado de salud.

Esta vez no golpeó la puerta, sino que se limitó a pararse frente a ella, aguardando a que el timbre lo escaneara y avisase que estaba allí. Se sentía mal y estaba dispuesto a hacerlo de la manera correcta.

—Se encuentra alguien en la puerta de entrada, lo identificamos como su vecino David Grunsfeld —informaba la voz robótica.

La figura de aquella muchacha, que nunca más había visto, volvió a surgir mientras el pliegue de aquella puerta pesada se abría.

Su belleza seguía intacta, su cuerpo lucía igual de hermoso, permanecía allí, tan real, sin pechos pronunciados como auspiciaría un cirujano plástico, sin un trasero levantado y gigante como lo requeriría la sociedad. Emma seguía rellena y hermosa, con su belleza natural, tan auténtica que se correspondía al encanto más sabio, el de la vida. Una apariencia saludable que le permitía ser libre, y no esclava, de la mirada ajena. En ese período donde todo pasaba por la imagen, la libertad de ser uno mismo, aceptándose como es, no era usual.

Emma sin lugar a dudas así también lo veía. Se amaba a sí misma lo suficiente como para no tener que demostrarle nada a nadie, no necesitaba de ningún filtro para especular con su imagen en ninguna red social, ni las mismas redes como tal, porque casi con lo único que interactuaba en la vida era con personas de manera presencial, algo difícil por aquellos años donde todo pasaba por la tecnología.

Su pensamiento era tajante y rígido, «si quiero ver o hablar con alguien, lo visito. Si alguien tiene interés por mí, vendrá por mí, si no, que se quede jugando en el táctil de su anillo simulando querer a los demás, siendo que lo único que hacen es intentar agradar o ser aprobados para sentirse existentes ante la mirada de los demás. No, yo no necesito ningunas de esas vanidades que mantiene adictos, ¿qué se creen?, ellos son peor que el hampa», pensaba Emma tajante y distante de las masas.

Si, así la volvió a ver, así era ella, maravillosamente loca, fascinantemente Emma.

Esta vez descubrió el color de sus ojos que no lo evadieron, el tono era uno oscuro y vulgar que cualquiera tendría, pero su mirada era tan profunda que lograba hipnotizarlo, parecía atraerlo diciendo *aquí estoy*.

David permaneció inmóvil por un instante, olvidando las palabras y el porqué de estar una vez más allí parado.

—¿Entonces? —preguntó Emma.

—Sí, claro… o discúlpame… o como se diga —se atragantó David sin saber cómo dirigirse a ella, recordando el último fallido encuentro— ¿Comenzamos de vuelta?

Ella pareció dudar o desconfiar, pero de inmediato relajó su postura dándole una oportunidad al desconocido.

—Soy Emma, Emma Gómez Rodríguez —sentenció mirándolo a los ojos, pero al terminar de pronunciar su nombre, la mirada se desvió hacia un lado— ¿En qué puedo ayudarlo?

—Sí, ehm, sí —dijo algo nervioso David, la presencia de ella lo alteraba, lo encandilaba con gran atracción. El encanto de ella le hacía temblar el corazón como nunca le había sucedido. Su figura se imponía haciéndolo percibirse vulnerable de manera garrafal— Tengo un problema con mi anillo y no puedo avisar que voy a faltar a mi trabajo.

Ella levantó la mirada por un instante como preguntando con su mirada *¿y?*

—Vos... —dijo David en tono amable, pronto retractándose y corrigiendo su error— ¿Usted me haría el favor de prestarme el suyo?

Emma lo contempló por unos instantes dudando, pero lo dejó pasar.

—Tengo un anillo de emergencia que podría prestarle, por supuesto no le daría el mío.

Al ingresar al monoambiente, David se quedó pasmado, no solo por el pulcro orden que ese diminuto espacio tenía, consiguiéndose ver mucho más grande que su departamento, sino por todos los objetos particulares que encontró posicionados de manera estratégica.

En una de las paredes se levantaba un cuadro pintado en óleo por algún profesional de seguro, aquellos impecables detalles de la figura de un rostro humano llamaban su atención. David contempló las facciones, sus rasgos le resultaban familiares, buscó de manera ágil en su mente de dónde lo conocía, pero no halló nada en la inmediatez. Cuando viró sus ojos a un gran modular que se levantaba hasta el techo en una de las paredes, vio repetirse aquel rostro una y otra vez; en una taza, en unas fotos que se posaban de manera reluciente en unos portarretratos, en unos vinilos. Entonces supo de quién se trataba. Cuando descubrió los discos luciéndose en aquel mueble no podía creerlo.

—¿Es de verdad?, ¿esos vinilos son reales? —preguntó David con verdadera intriga, sorprendido por descubrir una reliquia que en esos tiempos ya no se encontraba.

—Sí, son de verdad —dijo con orgullo Emma—. El que está primero en la fila tiene 207 años, es la primera grabación completa ejecutada por la Orquesta Filarmónica de Berlín.

Él contemplaba azorado, estaba de pie frente a esas piezas que solo podían observarse en un museo de música detrás de un gran vidrio. Pero estaban allí, a escasos centímetros, sin ninguna protección de por medio, además de tratarse de un género perdido que no veía en ningún otro lado.

Siendo David un conocedor del mundo de la música, le otorgaba una significación mayor, como alguien que contemplase la Mona Lisa. Si no hubiera sido porque oía una de esas mismas canciones todos los días sonar y resonar, podría haber creído que Emma era una coleccionista. Pero no, era mucho más, ella era una admiradora. Fanática la llamarían algunos, otros, más tajantes, una obsesionada con el tema.

Aunque lo cierto era que estaba profundamente enamorada de su artista, ese que no era de su época, que no conoció en vida y ya jamás lo haría, decían casi todos. Pero, siendo tan devota, cualquiera que la conociera sabría que al menos un milagro se le daría en relación a su perdido artista… pues ella, si bien era una muchacha con extrañezas, era muy querida por el pequeño puñado de personas que la trataba, una chica que traía suerte, creían, por eso, no era de esperarse otra cosa para ellos que algo bueno al final le sucedería.

—Si eso lo sorprendió, mire lo que es esto —replicó Emma mientras habría una cajonera del mueble, de allí sacó otro vinilo—. Este sí es una reliquia, es el único que queda en el mundo.

—¡Debe valer una fortuna! —exclamó impactado por todo aquello.

—Él vale una fortuna, su piano, sus composiciones, su arte, su carta… es único —afirmó Emma con distancia a lo que mencionó David—. Lo material va y viene, se puede volver a reproducir, como su anillo perdido. Que, por cierto, ¿quién pierde un anillo hoy día? Está en su mano.

Todo relucía en el monoambiente de Emma, brillaba como si hubiese sido lustrado con saña hacía solo cinco minutos. Aquel pequeño sitio parecía ser un santuario de aquel artista que ya no existía.

El malestar de David pareció volver a pronunciarse trayéndolo a la realidad, sacándolo de ese cuento lejano donde permanecía junto a la hermosa vecina. Un estornudo rompió la comunicación del momento, Emma viró la cabeza hacia él abriendo los ojos como platos.

—¡¿Está enfermo?! ¿De verdad?

—No, no, solo amanecí algo engripado, por eso, justamente le dije… —respondía cortés restándole importancia al tema. Pero los ojos de ella se inyectaron de preocupación y nerviosismo interrumpiendo al instante.

—Atrevido, ¡atrevido! Salga de aquí, ¡ahora, de inmediato! —se pronunció Emma firme y segura.

David no tenía idea del porqué de esa reacción, pero desencajado, ante la duda, salió como tiro del pequeño ambiente en dirección al pasillo. Cuando su pie dudoso llegó ahí sin respuesta alguna, la puerta volvió a cerrarse en sus narices como ya una vez había sucedido.

—¡¿Pero qué demonios le pasa a esta chica?! —se preguntó David desorientado.

3

La encargada del edificio se reía de David mientras pasaba una herramienta moderna de forma alargada simple y sencillamente por la vereda. Parecía absorber todo lo que se topaba, además de desinfectar las superficies y dejar aroma a lavanda en el aire.

—No espere respuestas suaves de ella, Emma es así, siempre ha sido así. No lo hizo con maldad, de eso estoy segura, pero tiene cierto temor a algunas cosas.

—¿Un estornudo? —preguntó David levantando una de sus cejas fastidiado.

—Ella es muy especial, tiene ciertos dones que la convierten en única, a veces eso la hace exagerar un poco.

—¿Como qué? —replicó él con intriga.

—Ella es…—dijo y se detuvo, dudando si mencionar el asunto, al fin y al cabo, no estaba bien que anduviera chismeando por ahí sobre la vida de los demás, menos de Emma que ocupaba un lugar muy importante en su corazón. La conocía hacía varios años y no solo la aceptaba como era, sino que la quería así— no sé si es correcto decirlo, es su vida.

—No me haga eso, señora, por favor, ahora hable — dijo David rogando.

Eleonora era la encargada en aquel edificio hacía varias décadas, ya estaba cercana a jubilarse, conocía todo y a todos los que allí habitaban, sobre todo a Emma, desde el día en que pisó ese lugar, supo de inmediato que era alguien especial. Detuvo la limpieza del gastado suelo gris y prestó cuidadosa atención al muchacho, «si él va a estar pegado a su departamento, creo que es mejor que se lo diga», pensó.

—Voy a decirle algo, pero espero que sea respetuoso con ella, porque no voy a dudar en succionarlo con esto si se llega a aprovechar, ¿entendido? —sentenció Eleonora con la mirada en él, bromeando, pero dejando en claro a la vez.

David ahora estaba más confundido que nunca y quería saber de qué se trataba tanta intriga que rondaba a la jovencita vecina.

—Emma es algo desapegada de la realidad que nosotros vivimos normalmente, tiene sus propias reglas… Su mente podría estar algo distorsionada, dicho de forma bruta.

La primera reacción de él fue un pensamiento fugaz similar a «¿de qué me está hablando esta mujer?». Pero como si le leyese la mente, Eleonora le respondió desnudando la intriga.

—Me corrijo, ella percibe el mundo diferente, si estuviese aquí hasta te lo especificaría, porque así es ella, específica. Y no es una enfermedad, por lo cual, no esperes nada distinto más que una manera de pensar y ser diferente. Es algo antigua.

—Pero… ¿cómo es eso? —preguntó David, intentando comprender un poco más.

—Emma es Emma —dijo simplemente.

—¿Y qué es eso?

—Nada —respondió fresca Eleonora.

—¿Cómo que nada? No es lo que dijo hace un momento —cuestionó él.

—Es igual a cualquiera, solo que, como pudiste presenciar, a veces falla en la comunicación, un poco, no siempre.

—Pero ni si quiera le dije nada, ¡solo estornudé!

—¿Cómo le explico? —dijo Eleonora pensando un momento— Emma es bibliotecaria porque le gusta leer, así puede leer libros gratis todo el día. Ella lee, y cuando te digo lee, lee en serio, mucho, tanto que ni usted, ni yo, ni esa mujer que pasa por enfrente, podríamos leer. Pero quizá esa información no le sirva tanto, porque no sabe qué hacer con ella, no le saca provecho como haría cualquiera, solo sabe que le gusta leer y lo hace, termina el libro y lo cierra, y después abre otro. Así pasa todo el día con sus rutinas. Hace unas semanas la vi con un libro que hablaba de la pandemia que hubo en el 2019, no me extraña que tu estornudo haya tenido que ver con eso, ella es algo miedosa.

David pensó un instante ordenando en su cerebro toda aquella valiosa información que acababa de recibir.

—Pero ese virus ya ni existe, de hecho, creo que ninguno le tendría miedo a algo así hoy día, al menos que yo sepa —dijo David pensante. Eleonora levantó los hombros sin respuesta.

—Se toma todo muy a pecho, ya se acostumbrará a ella. En unos días se le pasará, y seguramente se encariñe con otro tema de manera… intensa.

—¿Vive sola? —preguntó David con alarma en el tono de voz.

—¿Y por qué no podría vivir sola?

—No sé, porque alguien debería controlarla, imagino. ¿Es una rebelde?

—No, no es una rebelde. Un rebelde es alguien que va contra la tecnología que nos rodea, intentando vivir como se hacía en el pasado. Ella sí puede convivir con la tecnología. No intenta destruirla, si a eso se refiere.

—Bueno, sí, puede tener razón —dijo David y luego agregó firme—. Mire que si es una rebelde tendré que denunciarla, no quiero problemas con la ley.

—No sea ridículo —soltó Eleonora ignorando al joven.

Así continuó con su instrumento de limpieza solo disparando en dirección al suelo, con un sonido peculiar similar a una campanilla.

—No se ofenda, pero ella es extraña. Quizá necesita ayuda, una psicóloga, algo así, ¿no? Para que entienda mejor el mundo. Si le cuesta comunicarse…

—Ella está muy bien, es una excelente jovencita; honesta, solidaria, y sigue a rajatabla las reglas que nadie sigue. Tiene la moral más alta e intachable que jamás vi en nadie. Creo que Emma sí entiende bien el mundo —y mirando su vestimenta desprolija habitual agregó—, ¿no será usted el que necesite ayuda para entenderlo?

Ya algo fastidiada se volvió más concentrada en su rutina con el artefacto.

El pensamiento de David pareció succionarse en el objeto mientras analizaba aquellas últimas palabras que oyó.

No supo por qué, pero a la semana se encontró sentado en un diván frente a una psicóloga, y cierto que algún efecto causó, porque algo avergonzado se vio de aquella vez que estuvo escasos momentos en el apartamento de Emma, donde pudo apreciar la belleza de cómo lucía un monoambiente ordenado, limpio, sobre todo bien acondicionado. Así, David se dedicó a poner en orden su casa de manera paulatina, día a día el Triángulo de las Bermudas comenzaba a ser una bella isla.

Mientras hacía un inútil intento por doblar sus ropas de manera prolija, o al menos algo digna, en su ropero, desvió la mirada para buscar la hora, en silencio leyó las diez. Esa canción que iba a sonar de manera tradicional ya no lo perturbaba tanto, sino que se le volvió algo más que debía suceder, y así pareció poder comprender mejor las rutinas inquebrantables de Emma.

Un impulso lo llevó a querer saber un poco más de ella, o quizá fue el recuerdo de su belleza lo que llevó como pez hasta la puerta de al lado.

—Al menos ahora no me interrumpe —dijo Emma parada en el marco de la puerta—. Dígame, ¿qué necesita? ¿Ya se curó el resfriado?, no habrá venido otra vez a traerme un virus, ¿no?

—Estoy bien —sentenció David mientras contemplaba la natural hermosura que emanaba y que, sin lugar a duda, ahora ya sabía que le atraía.

—Soy músico, y... —dijo David, pero de inmediato fue interrumpido por ella que no se percató que aún debía terminar de emitir su frase.

—Justo estaba por oír música, un músico, ¡qué lindo! —dijo mirando el reloj a aguja en su muñeca— Me quedan trece minutos, ¿puede apurarse? Tengo que ir.

—Sí, claro.

La observaba algo nervioso por la situación un tanto incomoda, pero, sobre todo, por lo que ella le representaba; un cosquilleo que le causaba temor y atracción, un deseo que despertaba en él, algo más que quería descubrir.

—Va a poner su canción… Para Elisa —dijo David de manera natural.

—¿La conoce? —preguntó helada, el rostro de Emma se desfiguró del asombro.

—Sí, claro, intentaba decirle que soy músico y…— Antes de que pudiera terminar, otra vez se le abalanzó.

—¡¿Sabe quién es Beethoven ?! —exclamó Emma excitada.

David se limitó a sonreírle a la muchacha que entorpecía la charla.

Así era Emma, muy alegre y parlanchina, con esa cualidad que la convertía poco tolerable para los demás, interrumpiendo de manera repetida e insoportable. Como si fuese ella la única que llevara la conversación adelante. David, con el trato diario, comenzó a comprender que no era adrede, sino que tenía más que ver con su manera de ser. Esa personalidad atípica la convertía en una mujer solitaria, no le gustaba estar rodeada de muchas personas, vivía en soledad en su monoambiente con rutinas inamovibles, y los pocos con que interactuaba eran víctimas del palabrerío que soltaba, una y otra vez, sin notar cuándo debía dejar hablar a los demás. Igual que le costaba registrar el momento oportuno en que los demás terminaban sus frases; engañada entre breves pausas, ella arremetía de manera constante cuando la otra parte intentaba retomar. Todas cosas a las que David pronto comenzaría a acostumbrarse.

—Sí —respondió David, quedando en pausa en atención a la mirada de ella en un intento por descubrir si lo dejaría seguir hablando.

Ahora presintió que era él quien debía adecuarse un poco a esa comunicación no tan habitual.

—Pero… ¿por qué se queda mudo? ¡Vamos, hable, joven! ¿Conoce a Beethoven?

David no pudo evitar soltar una sonrisa divertida, pues llevar una conversación con ella tenía ese efecto sobre él.

Ese fue el primer día que ingresó sin ser expulsado con un portazo en la nariz. Fue testigo por primera vez de su rutina, se acercaban las 10:15 y la melodía debía comenzar a sonar.

De esta manera comenzaron a parlotear de lo que hacía uno y lo que hacía el otro, por supuesto, llevando Emma siempre la primera palabra. Así se dio y creció una amistad cultivada poco a poco, siendo ese solo el comienzo de lo que a ambos les acechaba.

David conoció las rutinas que fluían prolijas y armónicas en su vida, y ella lo fue aceptando, adaptándolo a aquellos hábitos. Tan a gusto se sentía con su presencia que, sin darse cuenta, comenzó a ser parte de ese mismo circuito que dibujaba en su vida día a día.

Él la observaba embelesado con ternura y admiración cada vez que dirigía, con su cálida voz, la orden al reproductor de música para que la tan esperada canción sonara. David no sabía si ella era consciente de lo que le estaba generando en su interior, si esa mirada escasa para el deleite de sus ojos que le proyectaba llegase a percibir que él buscaba algo más que una amistad.

Como Emma realmente le interesaba, él decidió tomarse un tiempo prudencial, esperar a que ella hiciera algún tipo de demostración o señal de que iba hacia el mismo lado; no estaba dispuesto a equivocarse y echar a perder lo dado. Si ella quería solo una amistad, él lo respetaría con tal de no perderla. Su belleza se plasmó no solo en su mente, sino en su corazón, esa forma de ser tan transparente y única le demostró a David qué diferentes eran los humanos según el cariño con el que se los mirara.

Sabía muy bien que el lugar privilegiado que le había dado muy pocos lo tenían. Así pasaron los meses, y sin querer… David también aprendió a aguardar con anhelo el sonar de la bagatela que volvía el monoambiente romántico, ese solo y profundo piano sonante que se haría extrañar si un día desapareciera.

Pero no todo se daba tan suave en la vida de Emma, una mañana la melodía no sonó y allí David supo de inmediato que algo habría sucedido. Y tenía razón, porque el fanatismo de ella por Beethoven, esa admiración que vivía por él, por sus canciones, sus composiciones, una mañana parecieron no serles suficientes.

Ya no le bastaba con saber de manera minuciosa cada detalle de aquel artista, esos datos que nadie conocía, ni descifrar de memoria cada una de sus obras. No le alcanzó con poder recitar de memoria palabra por palabra la carta que Ludwig alguna vez escribió y a ella le robó para siempre el corazón.

Emma, esa mañana, se levantó y no le fue suficiente toda la antigua información que tenía sobre su artífice, ese hombre que le trasmitía tanta pasión … quería saber algo nuevo de él, pero no solo para ella, también para el distante mundo que habitaba.

La sociedad del 2120 le resultaba demasiado fría, cada ser ocupado en sus propios asuntos, demasiado individualismo, mucha ambición, egoísmo, vanidad, devoción por el poder y el dinero. Los años pasaban, pero el ser humano no cambiaba… empeoraba. En ese extravío moral que se fue dando, se perdió lo más importante, y Emma lo sentía. Quizá la manera en que devoraba libros románticos diariamente le mostró los retrocesos que hicieron las personas con respecto al otro, al afecto, al amor. Qué ironía… ella estaba más preparada para dar una lección de empatía.

Y quería más, necesitaba más amor.

En sus entrañas algo de eso la llamaba para que siguiera explorando a su artista favorito, porque las sensaciones que experimentaba al oír aquel piano, al leer aquella carta que dejó, no hacían más que transmitirle las palabras exactas que ella no podía pronunciar, esas que por algún motivo le fueron negadas. A través de aquellas canciones podía sentir, vivir, acariciar, de alguna forma, aquello que no podía expresar. Era la manera más directa, auditiva y visual que ella encontró para poder adueñarse de esos sentimientos. Mientras danzaba dentro de ella un amor sediento de manifestarse.

Siempre sería la rara, la equivocada, la impulsiva y maleducada. Aunque en el fondo solo quería ser aceptada por los demás como era. A pesar de que se esforzaba por serlo, la mayoría de las veces no lo lograba, solo Dios sabía cuánto ella intentaba. Y debido a ese gran sacrificio por relacionarse con los demás, surgió todo.

David fue descubriéndola y fueron conociéndose.

—¿Cómo se hace para que alguien escriba algo tan hermoso como él? —preguntó ella.

—No lo sé, si tuviese ese don, de seguro no sería maestro en estos momentos.

—¿Qué tiene de diferente enseñar a componer música? ¿Acaso no tienen el mismo fin?

—No lo sé, Emma, solo sé que abres mis ojos iluminando este oscuro mundo —dijo con una sonrisa en sus labios David—. Me remites a algo que ya había olvidado, y tu presencia hace palpitar mi interior, como a ti aquella canción.

Emma no prestó demasiada atención a esas palabras, quizá ni las oyó, su mente estaba pensativa aún, permanecía en el recuerdo de su primera pregunta, ¿cómo se hace para que alguien escriba algo tan hermoso como él?

Su interior tenía sed de más conocimiento, quería saber más sobre el amor, en realidad, quería seguir viviéndolo; ella lo palpaba y disfrutaba a través de las canciones, del romance.

Así pensó en su artista favorito, ese que tanto quería, del que sabía detalles que nadie quizá conocía, pero no había nada más… Más que todo aquello que ya conocía.

Ya no habitaba entre los mortales y ese justamente sería el dilema que luego tendría.

Emma pensó días y días mientras David la contemplaba con cariño a pesar de que su mente estaba en aquel lejano planeta, enredada en sus propios pensamientos, buscando la manera de ver un poco más allá. Pues su intuición se lo exigía.

—Creo que ya lo sé —dijo un día a su enamorado vecino mientras tomaban el té de las cinco de la tarde, como a ella le gustaba.

Las cinco le sonaba a elegancia, la remitía a que podría estar tomando el té en Europa, imaginaba que se trasladaba a aquellos sitios donde sus libros la llevaban, quizá a una época victoriana, a un día que el Big Ben dé las cinco para citar a los ingleses en aquel viejo continente a tomar su infusión.

La imaginación, a diferencia de lo que pensaba la gente, a Emma no le faltaba, de hecho, le sobraba, lo que le escaseaba era la forma de demostrarla, o encontrarla en el torbellino de su corazón para que se pronunciase de manera prolija en su mente y así luego pasase a aquel largo laberinto hasta al fin llegar a sus dulces labios.

—¿Qué ha descubierto en este día, Emma? Cuéntamelo, que mis oídos se complacerán —preguntó David elegante, pues ya había aprendido, como todos los que la rodeaban, cómo relacionarse con ella; de qué manera se sentía más cómoda y natural. Para ella era más confortable, agradable y placentero que no la tutearan; esa distancia oral a ella le acercaba, le imponía en su interior el respeto y confianza. Y eso era lo que David había conseguido esos meses, su confianza y respeto.

—Ya no hay amor en estos tiempos, ¿te has dado cuenta de eso, David? —respondió mientras fruncía su ceño pensante, llevando la delicada taza de té floreada a sus labios— Creo que hace falta más amor; la violencia, la competencia, el destrato del ser humano a sí mismo y a los animales está a la orden del día. Eso es algo malo, ¿no lo crees?

—No lo había pensado de esa manera, *my lady* —dijo sincero David.

Ella esbozó una sonrisa que permitía mostrar el marfil de su dentadura, cada día se sentía más a gusto junto a él, aunque todavía el laberinto de su alma no se lo transmitiera al esquemático cerebro para que ella emitiera el descubrimiento de que comenzaba a sentirse atraída por él. Sin embargo, percibió aquellas palabras como un colchón de plumas para sus oídos, cómodas y agradables, talladas para ella.

—¿Entonces qué sugieres? —preguntó inocente, sin pensar en la descabellada idea que oiría, pero igualmente posible. Sin quererlo, Emma estaba a punto de traer a la vida a los más grandes artistas.

—Podría la inteligencia artificial analizar las obras de Beethoven, buscar su patrón, su manera de componer … y así volver a la vida… Ludwig reviviría… —Emma quedó congelada por un momento ante la suave idea que comenzaba a impregnar su mente. Luego volvió el rostro a la cálida mirada de David que aguardaba a que terminase de exponer su pensamiento. —Creado por un algoritmo. Podría hacer una nueva canción, inédita. Aquí en el 2120 —sentenció Emma con firmeza y seguridad—, pero hecha por él. Debemos traer a Beethoven.

4

Lo más sensato para David hubiese sido decir que no, desalentar a Emma de esa idea y simplemente seguir intentando conquistarla. Pero cómo disuadir a una muchacha comprometida con lo que desea, más aún en ese año, con los avances tecnológicos a flor de piel, al alcance de cualquier persona. No era inusual que una computadora, en cualquier hogar, tuviese un programa sobre algún tema de inteligencia artificial. Si hacía cien años ya se contaba con algoritmos que podían desde predecir el éxito de un film hasta reconocer una enfermedad mediante el sonido de la tos.

«¿Cómo quiere Emma revivir a ese hombre? ¿En qué sentido?» Bien sabía David que ella era muy literal, y de tan solo pensarlo le corría un leve escalofrío.

—No quiero ser inoportuno, Emma, pero, ¿hay un programa diseñado para eso? ¿O qué es lo que tienes en mente? Con exactitud, ¿qué significa *revivir* para ti?

—Eso, traer a la actualidad una nueva composición de él, a él, como si nunca se hubiese ido. Tenerlo una vez más para su público.

—¡¿Qué público, Emma?! —preguntó desconcertado David.

—¡Gente!… como yo… Quizá para mí—dijo algo incómoda.

—¡Por eso! Ya no hay quien lo siga, pasaron muchos años.

—¡Pero tú lo conoces! —agregó indignada.

—Porque estudié en la academia de música, y él forma parte de la historia musical de la humanidad. Pero de ahí a que ahora… cientos de años después, sus obras tengan público y lo sigan… hay otro camino.

—¡Por eso mismo! ¿Cómo no lo ves? ¡Lo olvidaron! El mundo está más helado, ¡más frívolo que Oymyakon! —dijo con certeza e incorporándose de la cálida mesa en señal de protesta.

—¿Oymyakon? ¿En serio? ¿Oymyakon?, ¿qué demonios se supone que es el maldito Oymyakon? —preguntó ya fastidiado David, en un intento de que Emma olvide aquella absurda idea que los últimos días le robaba la atención de él.

No sabía si lo asustaba más la ilusión de que se adentrase en aquella aventura o que esa aventura hiciera que lo olvidara.

Emma lo contempló con preguntas en la mirada, presentía que ocultaba algo.

—El pueblo más frío del mundo, puedes encontrarlo en Siberia, al este, allí en el municipio de la República de Sajá —respondió algo inquieta por la mirada devoradora de él.

—¿Por qué? —preguntó David desconcertado—, ¿qué tiene que ver el frío?

—Por eso mismo, el mundo se congeló, no hay amor, no hay sentimientos puros, todo es una mentira, las personas se convirtieron en una gran farsa. ¿Acaso recuerdas cuándo se sucedió la última boda? Lo respondo por si no sabes, desde que tú naciste.

David aguardó en silencio oyendo aquellas palabras, estaba convencido de que nada detendría a Emma, y por cómo la oyó y sintió en el timbre de su voz, esas palabras fueron totalmente sinceras. Pues así ella era, muy Emma, convencida de que en esos años que habitaban todo se encontraba diferente a lo que vivía en sus composiciones románticas. Percibía a la población aislada en sus propios quehaceres, horas eternas de trabajo, horas eternas en sus madrigueras. Y todo ello, ¿para qué? Para esa dudosa creencia en que se forjaron de ser existentes a través de la aprobación de los demás. Tal arriero les quitaba las fuerzas, las horas que realmente importaban en aquellas vidas, los transformaba y los hacía dejar de ser verdaderos humanos.

Tan poco era lo que necesitaban para ser realmente visibles… amor. Amor perdido con el paso del tiempo, extraviado con el sudor estático del trabajo infinito, ese que conducía siempre al mismo destino, el dinero. Comprar el último auto-drone, el último anillo para comunicarse, para que más perladas dentaduras sonriesen elogiando la suerte maldita de a donde habían llegado. Emma estaba convencida que todo aquello podría deberse a la falta de amor, y creía que el romance que ella vivía con las composiciones antiguas podía ser lo único que salvase al mundo acercándolo a la verdadera vida.

—¡Abandonar el amor! ¡No, eso sí que no puedo! Porque vive en mi interior tan fuerte como el fuego. Pero ustedes… la humanidad, lo han olvidado. Cuánta consciencia desperdiciada, cuánto tiempo mal gastado —sentenció Emma con pasión en su voz.

—Tampoco lo tome así, Emita, no todo es tan extremo —respondió David intentando llevar la calma.

La mirada de Emma danzaba perdida cuando fue levantada en decisión a enjuiciarlo.

—¿Extremo? ¿Cuál ha sido la última canción de amor que han compuesto en los últimos cincuenta años? ¿Acaso no somos el animal que habla? —dijo convencida mientras una lágrima que nadie vería se perdía en el duro suelo.

—No, no somos animales. No estoy de acuerdo con eso.

—Pues entonces prefiero ser un animal salvaje, hasta ellos son genuinos y tienen amor verdadero por dar. Pero el hombre ya no recuerda la caricia del alma, el regocijo del corazón. Todo es ya, ahora, ganar, dinero, belleza, poder, ganar más, aparentar, construir falsas imágenes al corazón que es ninguneado; mal llamado romanticón.

—Yo te quiero, Emma… —dijo con voz baja David, aguardando a que algo le respondiera ella, con esa mirada que parecía querer devorar al mundo entero— ¿Con eso no te basta?

—Vivimos peor que en las cavernas. ¿Acaso no quieres volver a la sociedad?

—¿Qué sociedad, Emma?

—La del amor.

Él suspiró resignado y le tomó el mentón acariciándolo con cariño.

—Si ha de ser así, entonces dime qué debo hacer para ayudarnos —sentenció David con seguridad en su interior.

El cielo era tan gris como siempre, el otoño se levantaba irrespetuoso sacudiendo las hojas de los árboles que insistentes querían vivir. Por esos cielos impregnados de cientos de autos-drones, marchando en caravana hacia algún lado ya establecido, iba Emma junto David que, rompiendo con lo establecido, disminuyeron su marcha descendiendo a uno de los pocos verdes amarrados a la tierra.

La plaza se mostraba en la ciudad como india desnuda, y allí, con los ojitos más brillantes que el sol, comenzó a soñar Emma. El lugar era desolador, solitario.

—Vamos, David, comencemos accionando, dé usted el primer paso —ordenó con ruego Emma.

—La verdad, esto me avergüenza un poco, Emma, pensé que comenzaríamos de otra manera.

—Qué mejor manera que esta, al menos hasta que reviva una nueva sinfonía, cuando logre dar con ese algoritmo, hasta entonces nosotros accionaremos. Despertar a la gente —afirmó convencida, tomando con pasión el estuche de David y posándolo en sus manos.

Él inspeccionó con algo de sonrojo su alrededor, sacó el moderno teclado, se irguió y, levantando la cabeza, emitió por lo bajo grabadas palabras.

—Si esto sale bien, Emma, juro que voy a dar mi amado teclado como herencia a un joven digno de merecerlo para que continúe nuestro sueño.

—Nuestro sueño está sucediendo —sentenció ella, y le dio un pequeño empujón para que se inicie.

Los largos dedos de David comenzaron a bailar sobre las teclas liberando la melodía de "Para Elisa" que sonaba en la plaza, y allí parados estaban, esperanzados, los únicos dos seres dispuestos a montar un espectáculo para ser oídos, como solía hacerse en la antigüedad, así al menos habrían leído en algún olvidado libro de historia. Comenzaron a impregnar el sonido al viciado aire de autos voladores y personas apresuradas, junto a la voz lastimosa, pero pasional, de Emma, quien recitaba en alto

"Carta a la amada inmortal"1 a todos los transeúntes que iban mirando con desconcierto e intriga, aunque igualmente pasaban como las agujas del reloj siguiendo su camino.

> *Mi ángel, mi todo*
> *mi mismo yo – solo unas pocas*
> *palabras hoy, y en efecto con lápiz*
> *(con el tuyo)*
> *recién mañana se va a decidir definitivamente sobre mis*
> *alojamientos*
> *qué inútil perdida*

Una persona fue la que se detuvo a oír aquella añosa carta que alguna vez escribió Beethoven. Una mujer que, cuentan, era más hermosa que la diosa Gea, de angelical rostro, se acercó a la funda abierta del teclado de David y dejó una vieja moneda de oro, aprobando con cariño, a través de sus ojos, que la canción continuase.

Así, la voz de Emma, llena de fe, continuó recitando de memoria la carta:

> *De tiempo - porqué*
> *este profundo dolor, cuando*
> *habla la necesidad -*

---

1 La carta a la Amada inmortal fue encontrada, junto con el Testamento de Heiligenstadt, entre los papeles que dejó Ludwig van Beethoven al morir, el 26 de marzo de 1827. Las así llamadas cartas a la "Amada Inmortal" representan una incontrolada explosión de sentimientos apasionados dirigidos hacia una mujer desconocida.

puede nuestro amor existir, sino
A través del sacrificio -
de no pedir todo del otro
puedes cambiar el hecho, de que tu
no seas completamente mía, yo no
completamente tuyo – Oh Dios -2

La mujer, brillante como diosa, emitió una leve sonrisa como visto bueno a los jóvenes atrevidos y soñadores. Cuentan que era tan magnética la energía que propagaba a su alrededor que, al hacer sonar las palmas de sus manos, logró captar más que la atención de David.

—Gracias, señorita —dijo él asentando galante con la cabeza.

La mujer se sonrojó ante la profunda mirada que él le echó sin reparos, notando el color del tímido amor. Seguido se adelantó a paso veloz junto a ella extendiendo la palma.

—David, a su servicio, ¿otra canción? ¿Señorita…?

—Fortuna —dijo mientras tendía su delicada mano a la de David y, como en la antigüedad, él se sumergía a besar el suave dorso.

---

2 Transcripción de fragmento de La Carta a la Amada Inmortal, escrita por Beethoven.

—Cuando guste, me va a encontrar todos los sábados aquí, a la misma hora, mismo instrumento y carta de amor. Salvo que usted me pida otra —agregó con tono seductor.

Fortuna sonrió ante el cumplido, y volvió cada sábado de otoño a la plaza para ver a aquellos dos actuar; al llegar la primavera, cuando la primera flor se abrió, David guardó el teclado en su funda, buscó la perdida mirada de Emma y con el corazón lleno de pesar le habló.

—Emma, llegó la hora, me tengo que marchar.

—¿Te vas con ella? —preguntó afirmándolo para ambos con lágrimas en los ojos.

—El tiempo nos pasó, Emma, me cansé de esperarte. Pues loca e irónica es nuestra vida, que tú buscabas el amor perdido en estos tiempos, e incluso yo buscando el tuyo, nos hemos perdido.

—No, no hemos perdido, este solo es el primer acto que cumple su sentencia.

—¿Qué acto, Emma? ¿De qué hablas ahora? Te estoy diciendo adiós…

—Es un gran día, David, el amor ha florecido… después de muchos años… aquí en el 2120. El primer paso de nuestra obra se ha cumplido, ha comenzado a despertar el amor, y tú eres el reflejo más hermoso, gracias —concluyó Emma esperanzada para llevar de nuevo ese amor a toda la civilización.

David se alejó, aquella primavera, acompañado por la buena fortuna que conduciría su vida de ahí en más, al menos por unos largos tiempos, volaron tomados de la mano a algún nido, mientras Emma con el corazón jubiloso los veía llenos de amor marcharse… pues ella solo quería lo mejor para él.

—Adiós —dijo Emma con voz quebrada, volteándose para seguir su largo camino. Se dice que esa fue una de las pocas veces que en público la vieron llorar.

5

El monoambiente lucía gigantesco a los sentidos de
Emma, tan grande como solitario, yacía a distancia sin la voz de
David. Así pasaron los días del durlock que los separaba, él
abandonó las horas que compartían juntos sin confusión y ella lo
aceptó quedando desierta con su sueño.

En soledad siguió su rutina, orgullosa y segura su
vida; su mente podría estar algo confundida, pero su corazón era
el más ardiente de todos, por lo cual insistió cada día con su
amada canción. Se levantaba religiosamente de madrugada para
elevar sus plegarias, esas que con anhelo imploraba que llegasen
al cielo. Ideó con esmero cada paso que daría para llegar a ese
algoritmo que tanto necesitaba. Y así pasaron los ciclos de
lunas, algunos dicen que quince fueron los que dedicó a trabajar
en solitario silencio. Quince lunas como un vals, quince lunas
como la flor, quince lunas que dieron efecto a las mareas que
rompieron en el solitario desierto de Emma para hidratar otra
vez su sedienta vida.

Fue el teléfono en forma de anillo que llevaba en su
dedo anular que irrumpió el retorno del agua que traía la luna.
Este anunciaba una llamada. Como si nada, Emma llevó la punta
de su dedo pulgar por debajo de la palma hasta dar con el anillo,
apenas hizo contacto, acariciando el metal, el holograma,
programado para los ojos de ella, salió a la superficie. Del otro

lado de la línea se hallaba el rostro que tanto tiempo esperaba, un hombre joven sumido en pura elegancia, quien, como era su costumbre, simuló tomar asiento para conversar con ella.

La visita había llegado, él era tan inteligente que Emma lo admiraba. Al fin y al cabo, fue el único que había aceptado ayudarla, su primo.

—Buen día, Emma, hace tiempo que no sé nada de usted —dijo el hombre.

—Mis saludos, Fausto, cómo lo extrañé, gracias por visitarme, lo quiero mucho, sabe.

—Evitemos las palabras de afecto, lo he dicho al menos un centenar de veces… Estoy en el trabajo, no es apropiado que te dirijas así a mí… frente a las personas. Soy un científico.

—¿Por qué, primo? Es solo cariñoso —preguntó confundida con algo de pesar y dolor en su voz.

—Esa nostalgia al recuerdo ya la conversamos en varias oportunidades, usted más que nadie debería abandonarlas, las dependencias emocionales no son buenas —afirmó en tono autoritario.

—No es dependencia emocional… —contestó Emma y se detuvo algo incomoda— En realidad es… amor, afecto, cariño, ternura o predilección a ti. Es adoración a mi sangre, tu sangre, es querer, es pasión. Porque lo hermoso que habita mi corazón lo conozco muy bien, primo.

El hombre ignoró sus palabras, apretó unas teclas que proyectaba su anillo y levantó la mirada a Emma que lo contemplaba desde aquel desolado monoambiente.

—Y hablando de exageración… quería avisar que está progresando tu idea, ya están finalmente cargadas en el sistema todas las composiciones e información de tu artista, todo lo que recolectaste —luego cambió el tono de voz bajando la intensidad volviéndose confidente—. Emma, esto solo lo hago por usted, no es sensato que un académico como yo esté jugando al amor a través de algo tan serio como la ciencia. Mantenga en secreto que le asistí, ni se le ocurra nombrarme en esto tan ridículo del romance.

—¡Gracias! ¡Gracias! —exclamó Emma— Voy a hacer que esté orgulloso de este riesgo que corre por mí, lo prometo, Fausto, no lo haré quedar mal, lo juro con la biblia en mi alma.

—¡Con calma, Emma! Que parece una loca hidalga, ¿acaso está ahora obsesionada leyendo a Cervantes? Pues, déjeme decir que sería más interesante, prima. A mí, como persona de la ciencia, me agradaría o resultaría más coherente que me pida un algoritmo que reviva a Einstein, pero… ¿Beethoven? Ya nadie lo oye, ni lo conoce, no es serio este asunto, pero tranquila, no le robaré la idea —hizo una leve pausa contemplándola en silencio y prosiguió—. Favor con favor se dice, ¿no es cierto?

—Así es, hoy le dejo el nuevo acceso a los libros, puede mandar a pedirlos si los quiere palpar, ya sabe, solo debe apretar el botón y sale sin cargo a donde lo pida —dijo Emma respondiendo a la última pregunta—. Fausto, lo miro a través de nuestros anillos… y estoy más convencida, porque nadie conoce el amor en estos tiempos, su corazón, como muchos otros, está más frío que Oymyakon, e iré a recuperar ese calor para ustedes de la mano del Rey.

—¡Oh, Emma! ¡Oymyakon! ¿¡Oymyakon!?, ¿otra vez? Deja de pronunciar ese lugar de una coña vez. ¿No se da cuenta que nadie lo conoce? Juro que a veces me saca, me saca, debo volver al trabajo. La llamo cuando tenga novedades —exclamó cansado Fausto, y sin aguardar respuesta o saludo, deslizó la yema del pulgar al anillo tocándolo veloz dos veces para así terminar la llamada, desapareciendo su imagen del monoambiente. Emma se quedó con la idea de que esa vez en cierto estaba cercana a cumplir su deseo. Esa noche le costó conciliar el sueño, pensaba que en ese momento de su vida lo más sagrado para ella, el amor, dependía irrisoriamente de una máquina para salir a flote, dentro de esa sociedad tan antipática y poco amigable donde vivía. Tanto y nada de lo importante había cambiado en la humanidad a través del tiempo. La ciencia creció y se expandió a cada rincón del planeta liderando el todo mismo.

Pasó prudente período de aquel día en que David partió con Fortuna, y una mañana primaveral le trajo a ella el aroma del recuerdo mientras trabajaba en la biblioteca. Al inspeccionar el correo que acaba de llegarle, una caja de cartón modesta, pero bonita, se presentó, no llevaba remitente, solo destinatario. La abrió con intriga, pues sabía que no tenía a nadie en la vida que le enviase alguna cosa; su primo era como el vacío mismo, nada que no sea programado como trabajo haría con respecto a ella, lo cual convertía a esa encomienda en una verdadera incógnita.

La rasgó expectante, adentro se encontraba depositado, con sumo cuidado sobre un colchón de pétalos, un libro.

Era uno que tenía muy presente, pues traía una larga multa en el tiempo, hacía meses no había sido devuelto. Una vez dentro del paquete leyó con asombro el nombre del atolondrado que se lo había llevado hacía tanto tiempo. En la tarjeta se leía: «Discúlpame la demora, gracias por todo, con cariño, David».

Emma era una lectora voraz, y sí que lo disfrutaba en ese trabajo a medida para ella. Sin querer marcó entre libros su destino y el de la ciencia…y quién dice, el del amor. Cuando leyó el nombre de David, el mundo que solía de por sí estar detenido en su trabajo, quedó truncado con aire congelado. Sus ideas se retardaron, el silencio fue temerario.

El aroma de los pétalos le recordaba a la primavera perdida en su monoambiente, esa que ella misma dejó pasar. Quizá por causalidad, o por su propia emoción, y su defectuoso organismo, le sucedió de nuevo lo que hacía años atrás ya le había pasado. Lo que sí fue seguro es que solo fue cuestión de tiempo que su veloz y cristalino corazón se pronunciase, ese soplo que la acompañaba desde su nacimiento la volteó con la emoción como un huracán. Lo último que recordó fue que los pétalos se esparcieron por el suelo, las pocas personas que estaban en la biblioteca rompieron el silencio al llamado de auxilio, más tarde la ambulancia se hacía presente con el ruido de sus sirenas que se colaban en el cerebro de Emma. Debían conseguirle un quirófano, un lugar donde arreglasen el soplo de ese corazón que nadie comprendía.

Otra vez estaba en la búsqueda de un lugar, como hace muchísimos años atrás, cuando tenía solo la adolescencia iniciada sobre ella. Pero esa vez lejana tenía quince años y el bullicio de esa tortuosa ambulancia la había trasladado de urgencia a la Unidad Asistencial Dr. César Milstein en la extensa calle de La Rioja, que en el prehistórico pasado atendía solo a mayores.

Había abierto los ojos con éxito arrastrando el dolor propio de la cirugía concluida, tenía los sentidos alterados más que de costumbre por algún medicamento introducido, otorgando el alivio de continuar con vida. No lo olvidaría nunca, pues no solo ese frío quirófano reparó su corazón, sino que le dio el calor del amor…

Al día siguiente, cuando las pequeñas fuerzas del cuerpo se lo permitieron y volvió a tomar el control, pareció hablarle exigiéndole que se levantase. Sintiéndose recuperada hurgó con la vista la habitación y su mente pareció despabilarse cuando estiró su joven mano a la cómoda que se depositaba silenciosa a su lado. Emma sabía que allí, como todos los cajones que hospedan, habría una biblia. Con afán relinchó apenas por su movimiento, los puntos se lo recordaban, pero la molestia valía la pena, pues tendría algo para leer en ese vacío lugar, al menos hasta que llegasen sus padres después de tener una larga charla con el médico que la atendió y le entregasen su anillo.

Así fue que con dolorido esfuerzo se incorporó sentándose en su cama con el milenario testamento. Pero debajo de él, ¡oh, debajo de él! Con asombro descubrió otro libro que le era desconocido. El aspecto de su tapa era tan desdichado y añoso que tenía miedo de que se deshiciera a su contacto. Las hojas amarrillas y gastadas denotaban años lejanos y olvidados desde su impresión. Esto la transportó al recuerdo de sus antepasados, la historia que su abuela siempre le recordó, su bisabuela Lidia Rodríguez, cuánto hubiera dado por tener una reliquia tan antigua entre sus manos, pues ella era antropóloga. Jamás había tenido la oportunidad de conocerla, el tiempo en cierto era tirano. Pero mantenía el fresco relato de su abuela aquellos pocos años que pudo disfrutarla.

Recordaba con tanto añoro cómo su bisabuela Lidia, reconocida en la antropología, había tenido un protagonismo importante en una antigua guerra. No solo lo supo por los relatos de su familia, se lo contaban también los libros. Lo que más admiraba de todo aquello fue cómo Lidia, una vez finalizado el conflicto, a pesar del escenario devastador que dejó la inmensa oscuridad, la muerte, siguió adelante. En ese contexto se cuenta que, desgarrada por la muerte de una hija del corazón, Lidia encontró una caricia de consuelo al adoptar a una pequeña huérfana postguerra, Mia. Contrayendo simultáneamente matrimonio en el 2022 con un valiente soldado que dio vuelta su mundo para reconquistarla, Ringo Gómez… pero esa ya era otra historia.

Así se apoderó del libro y leyó el nombre de la tapa:

Obra y vida de Beethoven.

Solo al pronunciarlo se sintió acompañada, su interior desprendió una ingeniosa brisa por la lectura que amaría para siempre. Así fue el inicio de la sana enfermedad de Emma, la más linda de todas, la del amor. Mientras curaban las heridas de su cuerpo, se desataba, sin saberlo, algo más profundo de lo cual no podría jamás volver hacia atrás.

Así Emma lo conoció.

Y pasó las próximas semanas de su vida dejando de ver las lesiones del cuerpo que adolecía para fijar su mente en la música, en la historia, la pasión, el amor, el arte; mejor dicho, en él, quien sería su compositor favorito, el cual terminaría de sellar el amor con los magníficos sentimientos de la Carta a la Amada Inmortal, haciéndolo traspasar del pasado a su presente tan lejano.

Corriendo el tiempo, visitó centenares de bibliotecas y lugares buscándolo, haciéndose de su colección. Fue tal la admiración que obsesionada, pero sana, leyó y oyó, una y otra vez todas sus obras. Las escuchó hasta que el alma explotara. Las saboreó hasta que su corazón reparara. Sin darse cuenta, se había enamorado del romance que con sus canciones emanaba dulce como miel.

<h1 style="text-align:center">6</h1>

Como aquel lejano día que se creía olvidado, ahora de adulta fue trasladada al frio temible del quirófano donde, una vez más, se la puso a prueba a través del filo del bisturí. Pues la debilidad de su corazón de manera tangible era mal traída, mas su esencia era rosa de los dioses. Volvió a la soledad de aquella sala de recuperación donde solo el efecto post anestesia la acompañaba. Aguardó un día para que sus ojos no nublaran, al abrirlos descubrió como arpa la misma cómoda.

Allí estaba descolorida en el recuerdo, con su máximo esfuerzo, quizá más que aquella otra vez, resentida por el peso del cuerpo que ahora se volvía traición, se levantó con sacrificio porque la memoria llamaba. Temblorosos dedos la acompañaron al abrir el único cajón en esa sala que seguía tan desierta como hacía mucho tiempo atrás. Levantó la biblia que allí esperaba, pero esta vez no encontró alguna otra cosa. Conforme con lo que le quedaba ahora de adulta, leyó a Ester, descubriendo aquella mujer que había sido olvidada en el desierto de las escrituras y el tiempo.

Una vez fuera del hospital, desértica caminó con pasos suaves por la dura vereda, esa que la esperaba como siempre, solitaria y vacía. Nada le quedaba más que la insana búsqueda de aquel que se había perdido en otra época.

No lo olvidaría nunca, marcaban las 10:15 de la mañana. Si hubiese sido un sábado, quizá lo habría tolerado, pero era el tercer día de la semana, día insulso si los hay, los miércoles, que no significan nada, están atrapados en el medio, pesados y aburridos. Una jornada que solo espera a que los demás se dignen a pasar, todo le queda lejos, porque le falta aún para el descanso, pero le pesa ya el trabajo. Así lo conoció un desabrido miércoles.

Él se presentaba atípico, apenas se sostenía en pie y eso que no traía los despojos del filo que ella sí. Su manera de vestir era tan llamativa como sus pasos que no eran pasos, sino balanceos de un barco oscilando en la mar. Intrigada, Emma, le vio la larga barba que lucía desprolija con orgullo, otorgando la apariencia de un hombre medieval. Las prendas no lo acompañaban demasiado, parecía un hippie, de esos que ya no existían. Los llamativos colores de sus harapos se distorsionaban como el arco iris cuando se marcha, decía poco y mucho, decía nada. Lo miró de arriba a abajo, no sabía si por su desalineada imagen o sus pasos que se hundían. Siguió hurgando, descubriendo el alma perdida en aquel desierto, fijó la mirada en los ojos hundidos propios de los que no dormían, vio aquella larga cabellera que parecía paja. No había algo que se viera decente en aquel desencajado hombre que pasaba junto a muchísimos otros pidiendo permiso. «Al menos le queda algo de educación», pensó Emma.

Aunque la ironía fue más corta que el paso que los separaba, porque perdiendo el equilibrio desplomó su cabeza y parte del cuerpo sobre ella, que iba a su vez a paso lento y dolorido, en un intento de tomar aquel taxi que acabaría perdiendo en la cercana esquina.

Despojado de una de sus sandalias ahora tambaleó más.

—¡Pero fíjese por dónde anda! —exclamó ella con disgusto alejándolo de sí.

Risueño levantó la dormida mirada, el claro de sus ojos se perdía en la trasnochada que acarreaba, y el hedor emanado era nauseabundo. Emma temió por un momento que solo de contestarle ese hombre se prendiera fuego.

Y eso que era un miércoles a las 10:15 de la mañana.

—Bonita, disculpe —dijo Chivito con su voz patinada, sin dudas enfureciéndola más.

—¡Pero cómo se atreve! ¡Descarado y borracho!

Intentó hacer unos pasos más, no supo si por el nerviosismo o los puntos que le tiraban, pero lo cierto es que no pudo continuar y permaneció obligada como un ancla aguardando que ese instante pasara para así continuar a su salvación más cercana, el taxi que esperaba en la esquina.

—Bueno, usted tampoco es muy agraciada, mi abuela es más jovial y bonita que usted —sentenció él sin reparo ni culpa.

Emma impactada abrió los ojos aún más grandes que el universo. Se ajustó con orgullo los pliegues del cuello de aquella camisa elegante que parecía en verdad confeccionada por la tatarabuela de alguien.

—¡Cómo osa a decir una cosa así! —dijo espantada— Si no fuese por mi rectitud y que estoy recién operada, lo retaría a un duelo.

—¿Un duelo? —Estalló en risa Chivito refregando gracia por lo que había acabado de oír.

—Claro, si pudiera, pero qué honor podría haber en alguien como usted que apenas es capaz de sostenerse en pie —agregó enfadada.

—¿Honor?, ¿duelo? Señorita, solterona, que por lo que muestra es —dijo divertido estudiándola de arriba a abajo sin reparos—, pareciera que no solo la forma de vestir le ha quedado en el pasado, sino su mente, y eso, estimada, es lo más peligroso en estos tiempos.

El taxi que aguardaba a unos metros en la esquina, viendo impaciente la charla extendida, se marchó refunfuñando. El disgusto de Emma fue notorio cuando lo vio partir.

—Debería relajarse, se le nota que está medio tensa. Quizá unos tragos conmigo la ayuden, una sonrisa para tan feos labios es necesaria, diría mi abuelita —dijo burlón.

—Un imbécil importante es usted que no solo me ha hecho perder mi taxi, sino mi tiempo y ganas de oír cosas que sí podrían ser significativas —arremetió con dureza en su tono.

Para ella, que en esos momentos acababa de dejar el hospital, lo más importante era llegar a su monoambiente y así posar sus oídos en su canción favorita, disfrutar a Beethoven y volver sus ojos en aquella añosa carta.

—Claro, vaya, vaya, siga su camino, siga afeándose con esa actitud amargada.

—Pero usted está completamente loco… Usted… ¡usted está peor que yo!

—Bueno, veo que podemos empezar a entendernos. ¿Entonces, viene por unos tragos? —preguntó Chivito retórico

—¡No! Faltaba más. Haga a un lado —sentenció firme Emma.

Por detrás se oían lejanas las voces de dos hombres que se aproximaban riendo, emitiendo palabras resbaladizas en dirección a ellos. Volteó para observar y los vio aproximarse con aires festivos.

—¡Chivito! Al fin te alcanzamos, amigo —dijo uno de los hombres a la distancia, ebrio a simple vista como su acompañante.

Emma se volvió al frente.

—Veo que al menos es usted un borracho sociable, hubiese sido mucho peor un alcohólico solitario en la ciudad. Manténgase en pie que ahí llegan sus secuaces. Por lo visto, son de la misma calaña… Un miércoles, ¡un miércoles! —y miró su reloj— Eso que recién pasaron unos minutos de las diez y cuarto. Siga de trago con ellos. Con permiso.

Hizo unos pasos para alejarse, el piso pareció desprenderse por primera vez de su pesado zapato atorado ante ese hombre que le era incomprensible.

—¡Patrañas! Usted se lo pierde. Es una más de todos estos zombis fríos que nos rodean —dijo Chivito y continuó para dar lugar a que ella pasase.

Esas palabras resonaron impactando en ella como parlantes. *Zombis fríos que nos rodean.* Eso justamente era lo que pensaba de las personas que le circundaban, de la sociedad que habitaba. Le surgió duda y ganas de preguntar a qué se refería con respecto a aquello que acababa de pronunciar, pero Chivito se alejó rumbo a los otros dos dejándola pensante.

—Es solo un borracho —se consoló reprimiéndose y siguió con su doloroso cuerpo a la esquina en espera de algún otro conductor.

Pasaron varios días, Emma ya se encontraba recuperada. Estaba lista para ir a la oficina de su primo, esperaba tener noticias de su asunto. Decidió aguardar unos minutos más a que llegara el lechero. Quería guardar su botella antes de marcharse, pues no sabía cuántas horas estaría afuera, a pesar de que el recipiente permitía mantener la cadena de frio, por múltiples horas Emma decidió esperar temprano esa mañana antes de marcharse. Esto se había vuelto costumbre nuevamente por esas épocas.

¿Cómo llegó a suceder eso en el año 2120? Solo con mencionar la mano del humano detrás del asunto no habría mucho por explicar. Se sabe muy bien que pasó al menos cincuenta años atrás cuando la contaminación ambiental se apoderó de casi todo lo reinante en la Tierra.

Alrededor del 2026, los ríos y las aguas fueron sobrepoblados de desechos textiles y de mascarillas hechas a millones, de contaminantes electrónicos y plásticos de todo tipo.

Por el año 2071, el agua para consumo humano en el mundo dijo basta, la gran cantidad de contaminación por antibióticos fue uno de los que llevaron la bandera de la nueva pandemia. Con los despojos que se ofrendaban, dio nacimiento una bacteria de mortal resistencia, Escherichia coli. Se propagó por todo el mundo a través de las aguas haciendo estragos. Ni los mejores antibióticos podían combatirla. Los niveles de seguridad en el agua para el consumo humano estaban afectados y superaban la imaginación de las personas. La desgracia se expandía por el mundo y la potabilización se hacía imposible.

Así, en un desespero, se cuidaron los pocos lugares donde el agua era apta o se podía potabilizar, surgiendo la repentina medida para sanar el planeta en objetivo de supervivencia. Primero se creó, por medio de inteligencia artificial, un material de papel sólido con elementos artificiales de degradación rápida. Así comenzaron a recuperar el agua de ríos y océanos en tan solo cinco años.

Los celulares dejaron de fabricarse como tal y fueron reemplazados por anillos comunicadores, capaces de proyectar hologramas, pero quedando a su percepción exclusiva gracias a un programa que conectaba el dispositivo a la retina y oídos del dueño.

Toda la comunicación necesaria estaba en los anillos, y los robos de estos eran mucho menores por su portabilidad y seguridad. Así evitaron miles de años de contaminación causada por toda aquella vieja tecnología celular.

Pero no solo avanzaron en ciencia, para salvarse también se inclinaron a viejas costumbres. Fue en ese mismo apogeo que, asustado por sus propios actos, el humano se volcó al pasado, surgiendo movimientos fuertes en defensa del medio ambiente. Como los lecheros, que recreaban la vida natural de viejos antepasados haciendo la entrega de sus productos en aquel nuevo material, en un intento por volver a las raíces, al contacto con el cliente que había sido perdido muchos, muchos, años atrás.

Las personas aguardaban la hora en que el lechero dejara las botellas en la casa y con una sonrisa lo recibían. El contacto con otra persona era ese. Quizás, para muchos otros no había más que ese. Todos los trabajos estaban computarizados, las oficinas eran escasas, las labores se realizaban desde el hogar. Los negocios de venta al público ya no existían. Las citas se programaban por una aplicación que llevaba un apto físico al día, luego de las pestes de enfermedades de transmisión sexual, tuvieron que tomar medidas drásticas para detener la propagación; porque amor ya no había en aquellas épocas, menos respeto; solo gente teniendo sexo un día con unos y otro con otros… apestándose a ellos mismos, sin saber siquiera lo que era hacer el amor, sin romance.

Quizá eso fue lo que mantuvo esos días a Emma pensando en el borracho que como animal llamaron Chivito, no era usual ver una persona en ese estado en la calle, el alcohol era sinónimo de romper las reglas. Pero el impacto para ella sería grande luego que oyó la voz del timbre anunciando a quien comenzó a descargar las dos botellas de leche.

—Se encuentra alguien en la puerta de entrada, lo identificamos como el lechero —avisaba la voz robótica.

Emma era una de las pocas personas que no salía a recibir el lechero, a ella no le interesaba sociabilizar con él, solo quería su leche en envase y entrega ecológica. Pero como estaba aprontada para irse, y era al lechero que en efecto esperaba, abrió la puerta conociendo por primera vez a quien dejaba su producto.

El asombro fue descomunal para su débil corazón baqueteado, frente a ella estaba vestido prolijo Chivito. Si no hubiese sido por la barba y el cabello largo no lo hubiese reconocido, el uniforme que llevaba era digno en comparación a como ella lo había visto tan solo algunos días atrás. Pero su mirada seguía arrogante como aquella vez.

Lo contempló con sorpresa. Tampoco sabía muy bien qué decir, por lo cual prefirió omitir que lo recordaba, hacerse la desentendida e ignorar el rostro que le fue tan maleducadamente familiar y latente.

—Gracias —dijo en tono seco y apresurado mientras se agachaba a tomar las botellas del pulcro piso.

En ese momento, luego de levantarse, que anunciaría la victoria cerrándole la puerta y huyendo del maltraído conocido, Chivito puso el pie veloz en el marco para frenar el deslizamiento de esta entre ambos.

—De nada —respondió Chivito con una sonrisa de oreja a oreja, inspeccionándola con reconocimiento—. Al fin la conozco, ahora entiendo por qué se demoró tanto en presentarse… es la arrogante que viste como mi abuelita.

Siendo imposible escapar del apriete, Emma volvió a abrir la puerta para enfrentarlo. Dejando las botellas a un lado le clavó la mirada desafiante.

—Ahora entiendo por qué le pusieron ese nombre tan vulgar.

A diferencia de lo que ella esperaba, él comenzó a reír por sus palabras, prolongándose tanto que la tentó sin posibilidad de detenerse, de embebida en furia pasó a reír tanto que se desconoció a sí misma.

Ese fue solo el primer día de los muchos que Chivito pasó por su casa, hasta cuando no debía pasar, pasaba. Comenzó a dejar una sola botella de leche de manera sospechosa, siempre se quedaba sin stock, decía, no pudiendo cumplir con el pedido de los dos litros por semana. Pedido que pasó a ser entregado de a medio litro los lunes, martes, jueves y viernes.

Entretanto, aquel día que lo vio por segunda vez, Emma se dirigió al trabajo de su primo con algo de retraso por la charla que había iniciado con Chivito; se dibujaba un rumbo nuevo que cambiaría el futuro de sus planes. Pues así era evidente que estaba establecido que sea.

—Lo siento, no puedo hacer funcionar el algoritmo —dijo Fausto intentando que desistiera.

—Pero… ¿cómo? ¿No debería ser algo sencillo?

—En parte sí y en parte no, Emma. Piensa que es caro y complejo por el tiempo.

—¿Por qué no podemos revivir a mi Beethoven? —dijo Emma incrédula, intentando no renunciar.

—Requiere más dinero, tiempo, especialistas. Sabes que te aprecio, Emma, eres mi única familia, pero no voy a poner mi reputación, ni mi dinero o tiempo. Y mis colegas no trabajarían en un proyecto que genere nuevas composiciones de alguien que ya no está y a nadie interesa, incluso con la certificación. Todos están ocupados en temas importantes, Emma, no en algo tan banal como… canciones de romanticismo —relató su primo intentando poner fin al asunto—. Lo siento, se terminó, vas a tener que conformarte con las canciones que ya escribió.

Emma se paralizó en su interior, el cuerpo le pesaba, su débil corazón se hacía notar doloroso ante la ausencia. No era lo que esperaba oír, estaba convencida de que su primo la ayudaría. Que vería su loca idea como original, pero era evidente que el mundo estaba convulsionado en cosas más importantes y urgentes que el amor.

Tomó sus cosas con orgullo, estrechó firme y cordial la mano a su primo y se marchó pensando en cómo continuaría. Pues de lo que sí estaba segura era que no se rendiría.

—Toma, Emma —dijo Fausto mientras le extendía una pequeña caja.

Emma se volvió a mirarlo y regresó los pocos pasos que hizo para tomarla.

—Está toda la información recabada en el chip, es el algoritmo que armamos, pero como sabes, aún no funciona, puedes quedártelo —agregó Fausto.

Emma lo guardó en su cartera y se marchó.

7

Uno de esos días en los cuales Chivito acostumbraba a dejarle la leche que cada vez traía menos centímetros cúbicos, y más lograba hacerla reír, armó una artimaña para que lo dejase pasar a su monoambiente.

—¿Puedo pasar al baño un momento? —preguntó Chivito como si fuesen verdaderamente amigos.

—Pues no —respondió segura.

—¿Cómo que no? Esperaba que dijeras que sí.

—No —repitió con seguridad y sin culpa Emma.

—¿Pero acaso, a estas alturas, no somos amigos? —preguntó Chivito desconcertado.

—Tú jamás me dijiste que fuésemos amigos, por el momento lo único que tengo confirmado es que eres mi proveedor, Chivito, el lechero. Que eres gracioso y sueles hacerme reír.

—¿Que nunca te lo dije? ¿Se supone que la amistad hay que anunciarla? —le cuestionó incrédulo y pensante, pero hábil y rápido le tomó breve tiempo darse cuenta cómo era ella— Bueno, si es así para ti, así será. Emma, oficialmente somos amigos, pasado un tiempo prudencial y alegres charlas lo confirman. ¿Está bien?

Emma no esperaba esa respuesta, era quizá tan descolocada como ella. ¿Acaso no era ella la que mareaba a las personas? Y ahora ese simple repartidor de leche estaba confirmando su amistad, sin darle tiempo a pensarlo. Estaba confundida, sí, y más de lo usual.

—Ehm, no lo sé… supongo… supongo que… ¿sí?

—¡Sí! Claro que sí, amiga. Ahora que ya lo sabemos, ¿puedo pasar al baño? —insistió Chivito de manera graciosa, pícaro, emitiendo una sonrisa chispeante.

Así fue como aquel día logró vulnerar el pase de la puerta parlanchina al interior del monoambiente de Emma, y de allí, sin que ambos lo supieran, surgiría lo más histórico que la ciencia sea capaz de brindarles.

Lo que pudo contar Emma en su última entrevista, a sus 107 años, fue que todo se sucedió bastante natural.

Luego de salir del baño, él, que se había convertido de palabra hacía unos escasos minutos en su amigo, con su mejor sonrisa galante y pícara, esa que emitía tan seguido por cualquier motivo, comenzó a hurgar en el gran mueble de ella, preguntando una y otra vez quién era ese hombre cuya imagen se reproducía por todo el monoambiente.

Y justamente era algo de lo cual Emma podría hablar horas y horas, sabía y conocía cada detalle de la vida de Beethoven. Cada álbum merecía prácticamente un té nuevo, un vaso de agua, otro día más para seguir contando, brindando más información, como lo hizo una lejana vez con David. Chivito sin duda disfrutaba oírla, disfrutaba su voz, la mirada pasional cada vez que pronunciaba algo de la historia de ese hombre que jamás conoció, ni antes había oído mencionar.

Fueron más días los que la visitó y fue beneficiado, según Emma, de oír aquella canción que se seguía repitiendo de manera compulsiva a lo largo del tiempo, recordando lo que una vez fue el amor.

Porque el amor en aquella época era otra cosa, las personas eran muy diferentes. El desarraigo emocional había sido cosechado a través de largos engaños, engatusado, muchas veces, por falsas premisas que incluso destruyeron y anularon una parte de la historia de la literatura. Emma conocía muy bien eso, pues ella trabajaba en una biblioteca. Y esto surgió del hombre.

Eran recuerdos del pasado, olvidados por todos, casi todas las antiguas novelas del género romántico habían desaparecido. Fueron devoradas por el maltrato que recibían, en el comienzo la excusa para su exterminio fue desacreditarlas, intentando enjuiciar a las mujeres que las leían o escribían, señalando y acusando qué estaba bien o no en las historias, cómo debían ser y actuar sus protagonistas, y sobre todo jamás, jamás atreverse a que las mujeres sean rescatadas. ¿Acaso creían que eran descerebradas? Parecía que pensaban que las lectoras no podrían discernir la fantasía de una novela romántica de aquello que era la vida real.

Emma siempre pensaba cuando pasaba horas y horas en su santuario, en su amado trabajo, la biblioteca, que quizá las obras se podrían haber salvado en el 2120 si alguna autora en el pasado hubiese escrito apenas se abriese el libro en su dedicatoria algo como:

«¡ADVERTENCIA!

Esta es una novela de Romance. Apreciado lector, tenga sumo cuidado con su salud mental si no se cree inteligente para discernir la ficción, la fantasía del romance, con el mundo real y las decisiones que pueda tomar a futuro por causa del género. Si tiene dudas, mejor corra a la góndola de acción o a la de terror que, de seguro, no atentarán contra usted. Como sí puede sucederle con el maléfico y dominante género de romance. Por supuesto la incapacidad lectora les sucede solo a las mujeres de este género. Pues de eso se nos acusa cuando acusan al romance.

Dicho esto, ahora que nos encontramos sin potenciales peligros, dedico este libro a todas y todos los autores del género en el mundo. Por ser valientes insinuando en sus libros las malas palabras (rescatar y princesas). A ellos, gracias.

En especial a los osados lectores que siguen apostando al género romántico desde siempre. Les dejo mi humilde novela para que puedan leer libres lo que quieran. Como la libre expresión manda.»

Las novelas románticas comenzaron a ser prohibidas, como las princesas en los cuentos infantiles, no se vayan a creer los lectores que podría basar su vida en la fantasía aquella que se escribía.

Luego siguió el color rosa, eso también estaba dominando, contaminando las mentes de las mujeres, eso al menos los acusadores creían. Ya no lo podían usar más como talismán, como clásico, ese color celestial para las emociones también fue cuestionado y censurado en el género literario. Como si la lista fuera corta, ya no podían ser rescatadas, la palabra rescate, era más cuestionada que una escena de tortura, un brutal crimen o una violación. Mucho más si el rescatador era masculino. El hombre era mala palabra, también debía ser eliminado de las historias de romance. No vaya a creer la tonta lectora que su vida depende de un hombre y espere en la realidad a ser siempre salvada.

Y la lista siguió… Y ya no podía haber finales felices, no vaya a ser que la falta de capacidad lectora les haga creer que debían esperar y buscar algo así a toda costa en sus vidas. No, la realidad era otra, mejor era eliminar poco a poco.

Censurar párrafo a párrafo aquellas maléficas ideas que podrían confundir a una mente en formación, podrían hacerles creer que aquello en cierto deberían esperar de la vida.

Claro… como si los que leen sobre terror podrían salir a la vida comportándose como asesinos o sus lectores estén esperando a que alguien llegase a rescatarlos… No, esas cosas, esas prohibiciones, restricciones, cuestionamientos, censuras solo le sucedían al género romántico.

La censura tomaba peso, basando la descabellada idea que el género era verídico, como si se tratase de una biografía, basado en la vida real… olvidando que solo era ficción, eso, nada más que ficción como otros géneros de acción, o alienígenas, eran solo personajes de fantasía con la misma idea o línea que cada variedad lleva. Pero, por algún motivo, era el más peligroso de todos, primero persiguieron la línea literaria de lo que se escribía, después fueron por los sueños que allí se construían, después fue el turno de perseguir a sus autores, intimidándolos, acorralándolos. Así un día el género desapareció.

Ya no era ese fantasioso rosado que daba cosquillas en la panza, que hacía suspirar y reír. Todo estaba desacreditado, nada estaba permitido.

Un día sucedió que sus páginas eran tan desabridas que dejó de leerse, sus lectoras las encontraron sin brillo y se tuvieron que someter a abandonar la lectura, las que tuvieron un poco más de suerte, pudieron encontrar otro rincón en algún otro género permitido, allí estarían a salvo. Así se comenzaron a cerrar los espacios al romance literario, después fueron por la música romántica…

Cuando quisieron darse cuenta, estaban en el frío presente como témpanos de hielo, distanciados unos de otros. No vaya a ser que tuviesen una loca idea de amor. Lo increíble fue que los problemas se seguían sucediendo y mucho más que antes… Emma se preguntaba si no habría sido toda una caza equivocada de brujas. Pues era la mano del humano, hombre o mujer, no fueron las historias… no fue la ficción. Así se fueron de la literatura los enamorados de Shakespeare, la infame de Margaret Mitchell, no vaya a ser que las mujeres se convirtieran en racistas y malvadas… Y la lista siguió con todas las autoras y autores que atrás en los años siguieron. Cuando ya no quedaba nada, fueron por la música y como si se tratase de una esvástica, quemaron libros, quemaron las canciones.

Con pasión, Emma fue al rescate de lo principal que deseaba salvar, se dirigió a aquel museo que estaba por desaparecer y adquirió todas las obras habidas y por haber de ese compositor clásico que tanto amaba y en sus tiempos nadie ya lo recordaba.

Compró y destinó cada centavo de la herencia que le dejaron sus padres en vinilos, esas partituras, y entre ellas la famosa carta de amor que Beethoven escribió con gran sentimiento, y los puso a salvo allí en ese monoambiente que habitaba, junto aquel cuadro artístico en óleo del rostro que era más hermoso que el jilguero.

Qué frío hacía en la ciudad, qué helado estaba el mundo en aquellas épocas. Cuentan que antes de que se produjera aquella explosión que cambiaría todo, muchas personas ocultas imaginaban la libertad de expresión. Anhelaban sin límites, sin perjuicio de lo que le dijeran. Dormidos soñadores que pronto volverían.

El tiempo pasó y el lechero desacatado y humilde también volvió día tras día al monoambiente de Emma a reír junto a ella, a conversar. Ella tan distinta a los demás, a quien daban por perdida en sus pensamientos, pero que logró lo que pocos tenían en esas épocas, amor.

Cuando pensaba que nada diferente sucedería luego que su primo le dio la penosa noticia de que no podía ayudarla, una gran esperanza se asomaba en la puerta, que delataba pronunciando con robótica voz.

—Hay alguien en la puerta de entrada…

8

Allí llegó como una joya Chivito, trayendo las buenas que Emma necesitaba.

—Emita, traje algo increíble para compartir contigo —habló él con coraje—. No voy a esperar más tiempo, porque si sigo tus propios pasos voy a pasar esperando junto a ti otros 40 años en el desierto.

—¿Se supone que debo adivinar qué significa eso?

—No, Emma, ven conmigo, voy a enseñarte lo que se puede hacer un trivial miércoles.

Condujo a Emma por las calles llenas de muchedumbres que iban y venían embebidos en sus propios anillos. Prolijas y estables marchaban las personas en direcciones que las flechas de las grises opacas veredas indicaban, por un lado se iba, por el otro se volvía. Entre ese vaivén ellos transitaban corrompidos por el centro sin someterse a la estricta marca que el camino mandaba.

Se podía ver en el rostro de Emma sorpresa e incomodidad, era la primera vez en su vida que desacreditaba lo que en el piso señalizaba. Aquellas escasas veces que observó a uno que otro caminar por donde no se debía, le traía el recuerdo de ella misma desprestigiando cualquier moral en esas personas, y ahora ella, sin saber por qué, estaba atraída sin poder negarse a los pasos que la guiaban.

Él tenía gran facilidad para sonreírle y darle la seguridad de que todo estaba bien, que nada inapropiado estaba haciendo, como si tomase un refrescante helado. Avanzaba junto a ella conduciéndola con esa energía adictiva, haciéndola sentir que pisaba entre nubes. Llegaron a una zona que ella nunca había estado, pasó en varias oportunidades por sus márgenes, mirando, pero nunca se animó a transitar por dentro, sintiendo muy inaceptable de su parte recorrerla. Sorprendida notando a dónde la conducía se detuvo en seco con pasmo.

—No podemos ingresar a ese barrio —dijo Emma con seguridad.

—¿Por qué no? —preguntó Chivito asomando una leve sonrisa.

—Pues es obvio que no pertenecemos a aquella gente, podemos tener problemas, si nos ven caminando allí… No, no quiero ni imaginarlo, mi reputación ante la ley se vería altamente afectada —sentenció con preocupación.

—¿Es en serio, Emma? ¿A qué le temes?

—¿Y todavía preguntas? Apenas crucemos, las cámaras detectarán que no pertenecemos allí, y nos harán una multa, no tenemos nada que hacer por esta zona. Tampoco tengo suficiente dinero para afrontar una sanción tan costosa, quedaría debiendo, pagando en cuotas, y mi nombre endeudado por varios meses en el sistema público. No, no estoy dispuesta a manchar mi reputación por una caminata de placer.

Chivito estalló en esa carcajada que lo volvía contagioso y natural, tan humano y cálido. Le llevó una de las manos al rostro acariciando su mejilla para otorgarle tranquilidad, pero el efecto fue todo lo contrario, porque al directo contacto tembló como una hoja en tormenta.

—No te preocupes, Emma, jamás permitiría que tu reputación sea cuestionada. Yo vivo allí —sentenció Chivito con dulzura y calma bajando el tono de su voz.

—¿Tú vives ahí? —preguntó con sorpresa, sin dar crédito a lo que acababa de oír.

—Sí, y entras conmigo en calidad de mi invitada. —dijo Chivito.

—Pero… ¿Cómo?, si tú eres Chivito. Mi repartidor de leche natural.

—No, yo soy heredero de Chiva —sentenció dejándola atónita.

Chiva era la fábrica que envasaba la leche en aquel recipiente ecológico, la que decidió volver a algunas cuestiones antiguas en un intento a que la gente se vincule otra vez como fue en tiempos pasados con los vendedores. Era el único producto que logró entrar en esa pseudomoda de entregas personales de bienes ecológicos.

Todas las compras se hacían a través de los anillos, estos generaban imágenes tridimencionales de los productos a máximo detalle evadiendo la necesidad de comprar en persona.

Se seleccionaba lo deseado y llegaba casi al instante por medio de drones. Todos los departamentos contaban con canastos retractiles que se activaban ante la llegada de los productos. Todo estaba muy bien ideado, funcionando minuto a minuto a la perfección por las maquinas inteligentes.

Así desaparecieron de las grandes ciudades las fábricas, trasladándose a lugares lejanos para producir sus bienes, dejando los espacios de la ciudad a la población para que tuviesen la posibilidad de rediseñarlos y aprovecharlos más. Las máquinas desde las afueras se encargaban de fabricar y transportar a las grandes ciudades.

Dándose todo de a poco con los años, comenzando inocente con la vieja y olvidada pandemia del 2020, el confinamiento y teletrabajo llevó a una modificación paulatina en los hábitos. Primero se empezó a trabajar en las casas, eso cuestionó la vieja forma de operar, pudieron ver que no era necesario cubrir costosas oficinas, entre otras cosas, y si podían hacerlo más simple, sin traslado, se volvían más eficientes con sus propios tiempos. Como la revolución industrial se sucedió alguna vez. Una nueva era comenzaba, estaban sumergidos en sus inicios sin saberlo.

Con las tecnologías que avanzaban a la velocidad de la luz, hubo una redefinición en la manera de vivir y trabajar. La mano de obra humana remplazada por las máquinas dio surgimiento a nuevas formas de trabajo, los oficios del futuro, carreras y estudios que hasta entonces eran inexistentes. El ser humano pasó de tener viejos puestos a crear nuevos modos, en otros sitios, con otras reglas y otras cuestiones.

Tanto había cambiado todo en los años que Emma vivía, que, si alguien era intervenido quirúrgicamente, sería un lunático total, un suicida si permitiese que la cirugía para salvar su vida la hiciera un hombre, por más que se tratase de una eminencia doctoral. La impecable tecnología aseguraba el éxito en todo procedimiento, los robots eran precisos; no había margen para el error humano. Ninguna persona dudaría a qué confiar su vida, era como elegir entre dejar su salud a la suerte o la certeza de lo seguro.

Por esos y otros motivos era una gran sorpresa cuando un hecho apuntaba a salirse de las normas establecidas, todo estaba diagramado de manera exacta. Salirse era en cierto mal visto, tomar una … diferente. Como aquella que heló la piel de Emma en la casa de Chivito, en aquel barrio que jamás había conocido, que pisaba por primera vez en su vida. Aún luego relatando estos hechos la voz se le quebrajaba.

—¡¿Cómo que eres el heredero de Chiva?! ¡Si tú solo eres mi lechero! Tú eres solo un empleado de aquella… —se interrumpió con gran asombro, haciendo una breve pausa para que sus pensamientos se acomodaran. —¿No se trata de ecología, contaminación?

—Espero eso no sea motivo para que me botes de tu vida.

—No sé cuál debería ser el motivo que nos una, somos muy diferentes. Tú eres un… un rebelde encubierto en el título de naturaleza, con la excusa de hacer sociabilizar a los humanos entre ellos… y… cuidar el planeta con ese material que utilizan.

Los ojos de Emma se llenaron de decepción, se volteó a la brevedad para regresar a su monoambiente, pero él no se lo permitió, la detuvo del brazo con tono suplicante y resignado.

—De acuerdo, te diré la verdad, pero entra, ven a mi casa. Es una buena oportunidad… hay una fiesta, es miércoles.

—¡Fiesta! ¡¿Acaso estás loco?! —exclamó con seria preocupación.

—Emma, déjame explicarlo, ven conmigo y velo con tus propios ojos.

Dudó por unos instantes, se mordió el labio, nerviosa, sin saber qué hacer, qué era lo correcto o lo que establecía ser correcto, y ella que era la reina de las normas, se vio en un gran atropello.

De todas formas, algo de lo prohibido le llamaba la atención, como lo fue preguntarse dónde se estaría dando una fiesta ya que en esas épocas no era usual. Porque todo lo relacionado a sentimientos era olvidado, y las fiestas provocaban esas cosas… sentimientos, además de Dios sabe qué tipo de personas concurrían a esas fiestas, de seguro rebeldes, temía Emma.

Pero por algún motivo lo siguió, al fin y al cabo, para ella los miércoles también eran algo distinto, un día atrapado, y ella quería escapar al pasado.

Entró sigilosa contemplando la belleza de lo que nunca estuvo a su alcance, ingresó aventurándose al barrio prohibido, aquel que alguien de la condición de ella, humilde, no tenía permitido.

9

El hogar de Chivito no era una casa, sino una mansión donde albergaba elegancia a simple vista.

El tiempo pasó, la ciencia avanzó, las formas de trabajar y sociabilizar cambiaron, pero lo que solo empeoró, profundizándose más, fue la distinción de clases. Jamás se mezclaban y eso ni se cuestionaba a aquellas alturas, las personas mismas lo establecían, era tan natural como se repelen el agua y el aceite. La ley, reforzada por las máquinas, se ocupaba de que esta distinción fuera respetada.

Alguien como Emma, que ingresó a un barrio que se establecía como prohibido por considerarse fuera de su margen alcanzable, podía tener más que un dolor de cabeza, aparte de una gran multa, podrían quedar detenidos.

Existían los regímenes de visitas donde estaban permitidos los ingresos como invitados, aunque apenas se utilizaban, pues la división no se objetaba.

A raíz de eso surgieron dos mundos.

La nanotecnología permitía extender el tiempo de vida en óptima calidad a quienes pudieran pagarlo, dando hasta 20 años más de buena calidad, pudiendo trabajar, disfrutar de las cosas como una persona de 50 años, aunque tuviese 70. La arista descolorida surgía de los que no contaban con grandes fortunas para poder mantener ese tipo de lujos.

Los anillos servían para prácticamente todo, consultas médicas en casa, conciertos virtuales, citas o clases universitarias. Claro, siempre que se tuviesen los recursos para acceder a estas funciones.

Los más humildes solo contaban con las utilidades básicas del anillo: llamadas individuales, reuniones pequeñas y funciones limitadas por internet. Los suficientemente ricos podían ser parte del selecto grupo que se comunicaba por medio del anillo y nanotecnología. Aplicaban al organismo una inyección que conectaba el cerebro con el anillo otorgando la posibilidad de hablar con otras personas mediante telepatía; desde una pantalla holograma a otra, varias a la vez, o mediante el silencio, diciendo lo que ningún otro oiría, siendo un gran recurso para dudosas o secretas reuniones.

Pero Emma era una gran cuestionadora y consideraba a la telepatía un gran error del hombre, un mal uso de las máquinas. Pues estaba convencida que el día que perdieran la palabra como idioma, perderían la vida, lo esencial de ser humano.

Solo era cuestión de tiempo a que un hacker accediera meterse en sus cerebros y arruinarlos, o un simple error de un 0,1% que pudiera generar un problema y apagara todo el sistema, dejando suspendidas sus mentes para siempre. Perdiéndose el ser humano de vuelta a como era en los comienzos, sin palabra, solo y primitivo en una caverna.

Así como en una época surgieron las villas, avanzaron, perduraron y se expandieron, las reglas para sus habitantes también se establecieron de manera cada vez más ortodoxa.

Los robots policía se ocupaban de mantener a cada cual en su casa; por medio del sistema de registro se fueron seleccionando y dividiendo a las personas en barrios determinados.

—Nicolás, ese es mi verdadero nombre —le dijo Chivito a ella mientras ingresaban a un espléndido jardín rodeado de verde, tulipanes en cientos de colores y unas arboledas que impregnaban con su frescura los capilares de cualquiera que solo mirara.

—¿Eres un *lord* o algo así? —preguntó Emma inspeccionando.

Nicolás se echó a reír mientras sus ojos la devoraban, por primera vez no respondió de inmediato. Arrancó una flor azul del lugar ofreciéndosela.

—Supongo solo en tus sueños, los *lords* ya no existen, no quedan imperios en el mundo. Y gracias a Dios, Emma, esas personas a quienes muchos debían inclinarse cayeron, como cayó una vez la elegante cabeza de María Antonieta.

—¿Dónde está la fiesta? —preguntó Emma algo nerviosa.

—Jajajaja —agregó fresco—. No hay fiesta, tampoco estoy tan loco.

—Sería extraño juntar más de 10 personas en estas épocas, ¿no? Ojalá alguno quisiera.

—Demasiado, solo se hace con los anillos. No tendría sentido reunirse, Emma, es innecesario, si podemos hacerlo de manera virtual, no hay diferencia. En algunas cosas supongo que sirvió tanta tecnología, si el 5D nos deja estar en cualquier sitio junto miles de personas y con nuestros cinco sentidos, ¿para qué moverse?

—En parte podría ser para estar en verdad junto a alguien, a menos que se quiera estar solo.

—Eso es lo que a ti te gusta, ¿no, Emma? ¿Estar sola? —preguntó él con verdadera intriga.

—Chivito, no soy tan diferente a los demás, al final yo también llevo mi anillo —dijo mientras extendía sus delicados dedos para mostrarle el anillo de plata que llevaba en el dedo anular—. No todo creo que sea malo y no todo bueno, pero si todos lo usan, ¿cómo podría yo no tener uno? Quedaría aislada del mundo, sería como ir a vivir a la china y no poder hacer mi trabajo de bibliotecaría por la imposibilidad de entender su idioma. No se puede estudiar, ir simplemente a comprar o acceder a un sistema de salud sin el anillo, es imposible.

—Una utopía sería poder elegir no usarlo y vivir como se hacía hace muchos años atrás… ¿libres?

—Una utopía, tú lo has dicho.

Ambos permanecieron unos instantes en silencio mirándose a los ojos, pareciendo saborear el encuentro de lo prohibido, un humano junto a otro. El deseo de lo no sistematizado en una cita espontanea se dibujaba en el aura de ambos contemplándose anhelantes, sin el mediador de internet como se sucedía en aquellas épocas, como estaba implantado para todos. Ellos eran una verdadera cita sin programar.

Se observaban con frenesí los labios, la piel, el aroma que emanaban, el encuentro.

Las probabilidades se ocupaban de seleccionar las parejas más aptas, instalados todos los perfiles en la red, solo debían aguardar a que la herramienta seleccionase la persona adecuada para uno.

Y allí estaba Emma transgrediendo con su fragancia junto a Chivito todo lo establecido. Porque si de algo estaba convencida, era que el amor propio salía de su alma, ese que la tecnología jamás podría capturar, solo conocida por ella.

Estaba convencida, a diferencia de todos los que habitaban en aquel lejano año, de que el alma existía, allí se guardaba y vivía el amor. Y eso no correspondía a la máquina, esta podría acceder al cerebro, o al corazón, pero nunca a algo tan espiritual como el alma

No era casual que justo ella fuese de las pocas personas que anhelara recuperar el perdido amor. Que fuera la que rescató al gran compositor que brilló en el pasado.

Era Emma… tan Emma, tan enamorada del amor como de la vida misma.

El sol relampagueó con un destello sobre el iris de sus ojos, pareció una señal divina que hizo sinapsis en el alma de Chivito, quien en un impulso, extraviado en esos momentos, acercó una de sus manos a la suave tez de su mejilla y la disfrutó como pulmones al rocío de la madrugada. Inhaló con un suspiro la sencillez tersa. Se observaron un instante y el viento esbozó su presencia entremetiéndose entre ambos.

—Es algo muy… no habitual tomarme este atrevimiento, pero me atraes de una manera atómica, y estaría dispuesto a estallar en mil pedazos junto a ti, si así lo quieres —sentenció mientras hizo una pausa con el aliento sofocado aguardando algo de ella, deseoso de besarla—. Lo siento… no sé cómo debería ser romántico como a ti te gusta, el romance ya no existe, no sabría ni cómo aprenderlo.

—Siento que lo sientas —dijo Emma con una sonrisa.

—¿Cómo? —preguntó con intriga.

Ella lo miró con el brillo del universo en sus ojos y, como si fuesen millones de estrellas, emergió de su alma el amor, convertido en un poderoso imán que atraía a ella todos los planetas. Y él, como un astro en alerta, dio un paso inseguro y entregado hasta el aroma del aliento de su delicada boca. Emma se dejó acercar, y contemplándose entre ambos, juntaron sus labios al unísón, saboreando el momento, quizá el único romántico que se dio en muy lejano tiempo.

10

Dentro de la gran casa que habitaba Chivito se podían observar viejos recuerdos de sus padres, aquellos remotos que le fueron otorgados confiando en que él pudiese continuar el legado. Los muebles antiguos brillaban más que los propios ojos de Emma, los marrones se fundían entre sí. Se alzaban con grandeza los modelos Luis XV mostrando ondulaciones que invitaban a sentarse en algunos, o pedir permiso para tocarlos.

—¿Todo es real? Es decir… ¿de la verdadera época? —preguntó con algo más que sorpresa.

Chivito era más que el repartidor de leche que ella creyó, con esa apariencia desfachatada y manera indiscreta de reír y mostrarse como él deseaba, se convertía en un verdadero ser de otro planeta. Qué diferente era a todo; su conducta, su aspecto, su osadía, en nada se parecía a aquellas personas que vivían en una categoría tan alta como la suya, donde todos parecían sonreír solo a quien le sacaran algún provecho o le sirviese para alardear.

—Sí, todo es real. Pero tranquila, Emma, no tengo tan mal gusto. Fue heredado de mis padres —dijo sonriendo.

—En realidad, no me parece de mal gusto, solo… solo que este tipo de ambientación no se ve en ningún lado, no al menos en los lugares a los que yo accedo. Sin contar que tener más de un ambiente ya lo convierte en algo casi impensable.

—Supongo, entonces, que mi apariencia te disgusta, nada se asemeja con la elegancia que nos rodea.

—No me malinterpretes, Chivito, no quiero decir que tú… ya sabes.

—¿Yo qué? —preguntó arrimándose a ella provocador, dejando sus labios a escasos centímetros de los otros que sedientos se percibían listos para ser salvados.

Emma desvió la mirada que ya no podía sostener y la fijó en los hambrientos labios que, sin saber cómo, la volvieron a seducir. Ambos fueron atraídos una vez más marcando el territorio tan deseado. Las respiraciones agitaban mientras se bebían, la necesidad de contacto desbordaba lo establecido, los brazos de ambos eran pesas que los conducían a unir más sus cuerpos.

Entre las curvas de la reliquia del sillón buscaron el lugar exacto para enmarcar sus torsos, cuales deliciosos se amaron y descubrieron desnudos sin razonamiento de por medio más que el del corazón y el respeto.

Descansaba sobre el regazo de Chivito, la cabellera larga y embrollada de rastas enredaban a Emma con la facilidad del propio abrazo que cálido le era entregado.

—Creo que me gustas más de lo que me deberías gustar —sentenció ella.

—¿Qué problema hay con el "más", Emma? Si tú me gustas tanto que dejaría toda esta fría mansión si me lo pidieras.

—Hablas porque vives aquí, en una mansión, no un monoambiente humilde.

—Dices eso porque no me conoces. Esto es porque nací en el lugar correcto, con unos padres que se esforzaron. Pero, al final del cuento, todos somos iguales, hasta cuando perseguimos el beneficio del otro.

—No te comprendo.

—Que mis padres abrieron este negocio no solo por los envases ecológicos

—Para fomentar el contacto social en sus entregas, ¿no? Ya imagino cuando idearon ese método tan prehistórico de comprar y ver a un vendedor de carne y hueso, ¡y como si fuese poco, que lo lleve a las casas de los clientes! —pronunció algo exaltada de alegría Emma.

—No, no es así —dijo Chivito con tono avergonzado—. Ojalá fuese así de real como lo pintas. La verdad es que no difiere en casi nada a lo que pudo haber sido cualquier otro emprendimiento, los fines son buenos, sin dudas, no solo para el planeta, sino para la interacción de las personas. Pero si echas un vistazo a todo esto, mira, vale demasiado, es resultado del beneficio. Porque al fin del camino es también un negocio. No solo somos rebeldes.

—No quiero meterme en problemas —dijo Emma alejándose repentinamente, algo asustada.

Nicolás la observó con suavidad intentando brindarle nuevamente calma, y atrayéndola a su torso prometió que la cuidaría y no le causaría ningún inconveniente. Dudó, pero tenía tantas ganas de continuar a su lado, a esos hombros anchos que la acobijaban, que cedió, olvidando de estar con un rebelde y lo que podría significarle si era descubierta. Para ella, en ese momento, fueron más fuertes los sentimientos y se dejó abrazar y perder en él.

—Esto es lo hermoso de la vida —dijo mientras besaba la cabellera de Emma.

—¿Por qué haces el reparto? Debes tener una tonelada de personas que podrían hacerlo por ti.

—¿Qué haría todo el día aquí? ¿Vale la pena tanto sin nadie verdadero con quien disfrutar?

Entre sus diferencias también tenían similitudes, la más profunda y parecida era el fin para los dos, buscaban el amor. Emma a través de la música, y Chivito, que tenía todo y nada, exploraba en cada reparto la sencillez de una mirada que lo comprendiera, quizá incluso que lo deseara. Quería algo diferente, pero tampoco estaba seguro de qué, por eso siguió hurgando en el trayecto de su vida una presencia humana para hacerlo sentir existente.

Si mencionaba quién era él, que llevaba las riendas en aquella gran empresa, de seguro le surgirían, a raudales, mujeres. Pero eso no era lo que quería. Deseaba con anhelo hallar la persona que lo quisiera por su interior, no lo que tenía. Ese deseo, que iba en contra de los intereses normalizados, lo llevó a vestir sus peores harapos, a dejar su estropeada imagen lo más cómoda y vulgar que pudiera parecer. Si de esa manera conseguía la aprobación de una muchacha, al menos la analizaría como indicada. Así lo creyó Chivito por un tiempo. Porque nadie nace y sigue toda su vida pensando y sintiendo lo mismo, todos cambian, hasta en el último día de su vida… todos pueden cambiar.

Dejó crecer su alborotada cabellera y empezó a trabajar como cualquier otro lechero, golpeando puerta por puerta hasta que diera con quien abriera y lo descubra con ojos iluminados. Pero, para su sorpresa, todo se sucedió un poco desalineado.

Primero llevándose por delante a Emma, logrando nada más que críticas. Luego llegando a su morada sin querer y comenzando las conversaciones con la muchacha que lo atrajo sobremanera. Lo que fue un miércoles de juerga los terminó por unir. Un miércoles que no decía nada, en que él estaba listo para festejar la vida que pasional y vieja había sido olvidada.

Pasaron varias semanas en que ambos se visitaban, Chivito al pequeño monoambiente que le llenaba de regocijo, y ella a la inmensa casa heredada. Dándose calor y amor, ese afecto que de igual forma seguía buscando a través de las canciones olvidadas.

—¿De verdad piensas que la música revivirá el amor? ¿Acaso no solo es música vieja y olvidada? ¿Crees que a la gente le puede gustar eso?, ceder sus corazones helados, materialistas y superficiales, no creo que sea tarea sencilla —dijo mientras acariciaba el rostro ajeno— ¿Mi amor no te es suficiente?

—Sería tan egoísta como ellos sino lo intentara —respondió convencida—, de alguna forma debo hacerlo, tengo que conseguirlo, ya no solo por mí… por todos.

Y pasaron muchos días en los cuales Emma se embarcó en el trabajo de aquella biblioteca que pocos visitaban, intentaba llegar sola al algoritmo que ningún especialista pudo brindarle.

De seguro, para ellos, llegar hubiera sido mucho más rápido que para ella era, pero para su orgullo, de los que manejaban la ciencia, reconocer el amor como parte de la vida resultaba intolerable, así quedó sola en el camino. O casi sola, ahora con Chivito había una esperanza, ese hombre que, tan vulgar y simple, a su vez teniendo gran poder económico, contaba con algo que nadie tenía en esas épocas, amor, uno hecho a la medida de Emma.

El apego que construyeron rodó en sus vidas y los llevó a empujar el mismo sueño, ese que ella deseaba traer de vuelta desde 200 años atrás.

—Creo que he dado con algo —anunció Emma con una sonrisa que la delataba.

—Pues no tardes más en contarlo, ¡vamos! ¿Qué esperas?

—Podría crear un programa y pasar todos los datos que había recolectado mi primo en una máquina especial. Es algo nuevo, pero podría funcionar —dijo mostrando todos sus dientes—. Espero que funcione porque si no… habré fracasado.

—No puedes hablar de fracaso, es solo el comienzo.

—No, gracias por tu apoyo, pero la verdad es que no puedo avanzar más por mi cuenta, estoy agotada en el fondo, tanto tiempo, tanto esfuerzo y tanto olvido del mundo mientras sola lo intento. No podría pasar otra vez por lo mismo, ¿y partiendo de cero? ¿Otro comienzo? No, no podría, mi mente se quema, Chivito.

—Entonces que esta sea la prueba de fuego, haremos todo lo que sea posible, lo que esté a nuestro alcance para que suceda. Estoy contigo, amor.

—Amor, eso es lo que vamos a rescatar.

—Bueno, dime, habla o calla para siempre —dijo Chivito y besó sus labios.

—Todos los datos de Beethoven están en este chip. Pero por lo que investigué, imaginé que podría dar otro paso dejando esa idea de la IA. ¿Qué pasaría si pasase todo esto a una única máquina?, una tan especial que pudiera hacer algo más de lo que yo mismo pensaba.

—Ahora sí me preocupa, Emma, ¿te has desviado del objetivo?, ¿ya no quieres una canción de Beethoven? ¿Entonces qué? —indagó con intriga.

Ella había analizado todas las opciones, se adentró, como lo planeó en un principio, en hallar ese algoritmo que pudiese recrear lo más real, una nueva canción compuesta por su artista favorito. Pero por más que lo lograra, se preguntaba si sería suficiente para un planeta tan corrompido, en falta de empatía, en donde lo único que reinaba era la vanidad, el dinero y el poder.

«Por más que traiga una canción de él, jamás la oirían, seguirían sin prestarle atención. No, jamás se detendrían a contemplarla. Salvo que ponga mi algoritmo en…» Meditó detenida en su mente visualizando las posibilidades que le acercaba, y allí dio con su gran idea, esa que haría al mundo entero girar la vista hacia ella.

—Chivito, hay que ir a Europa, ahí está la máquina donde debo depositar esta información —afirmó con ruego en la voz.

—¿Viajar ahí, para qué? ¿Qué es lo que no podrías hacer desde aquí?

—Todo. ¿Confías en mí?

—Todo lo que te sea necesario estoy dispuesto a hacer contigo —dijo abrazándola, dando el impulso a lo desconocido, a enfrentar al mundo con un nuevo y loco proyecto.

Emma deseaba llegar lo antes posible a Europa y gracias a Chivito lo lograron.

El cielo se mostraba contaminado como de costumbre, las nubes se pisaban entre ellas y una lluvia lejana que no terminaba de llegar se mostraba a la vista de ambos que acababan de arribar al viejo mundo.

Llegaban con un auto dron alquilado a la frontera entre Francia y Suiza. Muy cercana a Ginebra, allí se hallaba la máquina más grande del mundo, un túnel de 27 kilómetros de circunferencia, con una profundidad que llegaba a los 170 metros bajo tierra.

—Se me retuerce el estómago, Emma. Es muy desafiante lo que propones. —avisó cauto Chivito en cada paso que daban de la mano mientras se dirigían a una gran abertura de metal que parecía blindar parte del sitio.

—Tienes tantas ganas como yo de ver qué puede suceder, estamos aquí, nos sacarán solos o con una vida más. Pero sí tiene que valer la pena —expresó ella con seguridad, intentando llevar la calma y fuerza para que no flaquee Nicolás—. Este es el Gran Colisionador de Hadrones[3], solo mira

---

[3] Es el acelerador de partículas más grande y de mayor energía que existe, la mayor máquina construida por el ser humano. Funciona en la actualidad en Europa.

esta entrada y dime si no nos habla, tiene vida propia. Aquí, Chivito, conseguiremos algo más de lo que se plantearon en años pasados.

11

La máquina de Dios. El Gran Colisionador de Hadrones estaba a unos pasos de ellos. Ambos contemplaban con asombro tantos años de proyectos magníficos, increíbles descubrimientos que salieron de allí. De tan solo pensar en algunos, se le ponía la piel de gallina a Emma, que estaba allí queriendo desafiar el orden establecido de una forma muy particular.

Quizá lo que más trabajo le dio fue ser recibida, logrando conseguir 10 minutos de reunión gracias a que utilizó el nombre de su primo Fausto. Después vería ella cómo sortearía el asunto con él una vez que se enterase de que había usado su nombre para eso.

Pero lo que fue cierto es que estaba de pie frente a dos destacados científicos que trabajaban allí, aguardando que esa joven que cruzó el mundo para una cita de 10 minutos al menos les llamase la atención, si no, sería como muchos otros que pasaron y se fueron.

Sin embargo, ella era atípica en todo lo que hacía, y no sentía temor al estar segura de que sus ideas funcionaran, pues prefería morir con dignidad intentando que soñando en las sombras.

Cuentan que su actitud era tan firme y pasional, y sus palabras se mencionaron con tanta medida, explicación y fundamentos, que la reunión se prolongó 15 minutos más, saliendo de allí con la chance de una otra. Nada le resultó sencillo, igual, debió esperar un tiempo prudencial a que le informen si seguía avanzando o no a su meta.

Se encontraba parada frente a los cinco hombres que, hacía una semana, en una segunda oportunidad, la entrevistaron por una hora. Entre ellos el Dr. Janez, quien dirigía el sitio. Ahora, por tercera vez, sabía que el siguiente paso sería el salto adentro del Colisionador, o afuera por siempre.

—No es desacertado, todo está en el chip, deberíamos intentar pasarlo al Gran Colisionador, en más de 100 años de su construcción ahora se dedican a mucho más que a átomos, eso todos lo saben —insistió Emma con seguridad mientras extendía con sus dedos firmes el dispositivo.

—Creemos que puede haber alguna posibilidad, pero si no lo logra… Eso nos pondría en un lugar poco serio, y dificulta su idea. ¿Entiende? —dijo el Dr. Janez sincero.

—Pero, ¿por qué?, ¿poco serio? Ustedes son eminencias de la ciencia, reúnen a más de 10.000 científicos del mundo para sus proyectos.

—Pero en materia de nuestros proyectos construidos con bases más sólidas que teorías tiradas al aire. —replicó otro de los hombres.

—Si fuese algo tan tirado al aire, ¿por qué ustedes me dieron una cita por tercera vez?

—Sin duda creemos que puede haber chance, por eso está aquí. Pero tenemos sospechas y usted nos debe quitar esas intrigas. ¿Qué pasaría si no lo logramos? La prensa, los demás académicos sabrían… El prestigio de este lugar, ¿qué nos sucedería? Se preguntarían por qué le dedicamos nuestro tiempo a usted que no es nadie, nuestra labor aquí en los túneles quedaría seriamente cuestionada. ¿Entiende lo que digo?

—No va a fallar, lo aseguro. Si no, asumiré las consecuencias.

—¿Cómo podría afrontar consecuencias usted si no significa nada para nadie?

Emma pensó lo que le decía que, si bien sonaba duro, era lo más cercano a la realidad, era cierto y tenía razones suficientes para darle la espalda. Debía dar una manera creíble de asumir la responsabilidad. Giró su rostro a uno de los presentes, el único que parecía de su edad, para dar respuesta a sus preguntas.

—Organice un concurso público, libre, así se verían libre de juicios. La idea ganadora, que sería la mía, accede a la posibilidad de ser llevada a cabo aquí en el Colisionador.

—Sin dudas usted es ingeniosa, y sabe salir bien parada, es una aceptable manera de cuidar nuestras preocupaciones prudentemente —dijo el director del lugar con una leve sonrisa—. Pero, aun así, ¿qué le hace creer que podríamos dar el premio ganador entre cientos de científicos, pensadores, o personas comunes, a una chica que quiere revivir en nuestra máquina a un… compositor clásico que ya nadie recuerda? ¿Por qué un compositor y no Albert Einstein?

—Porque es mi idea, mi proyecto, y soy una chica humilde, eso gustará y conmoverá al público. Si hacemos que funcione, después podrán traer a Einstein, a Platón, a quien ustedes gusten.

En el recinto todos quedaron en silencio contemplándose en el vacío, con las miradas pensativas esperando algún sonido de respuesta.

—Roy y Edgar, preparen la publicación. Concurso "Big Idea", para crear una nueva exploración en La Máquina de Dios —sentenció el Dr. Janez.

El corazón de Emma estallaba de júbilo, consiguió entrar a la gran máquina. Ahora solo era cuestión de hacer que suceda.

Chivito la esperaba en el hotel con un gran banquete para festejar, lo habían conseguido, al menos una gran parte del trayecto, quizá la más importante; la de intentar y acceder, y lo había logrado.

Pasados unos días, se publicó por todos los medios aquel concurso donde se hacía un llamado a convocatoria abierta para todos. Con la única condición de ser mayor de 18 años, construir una idea nueva para darle un uso más de todos los que ya se le daban al Colisionador de Hadrones.

Pasaron seis meses como se había establecido. Tiempo decisivo para Emma y Chivito.

El interés mundial y participación fueron grandes, más de 6.500 ideas para poner en marcha sobre la máquina más grande del planeta, sumergida entre túneles abarcando grandes territorios de Europa.

En ese monumento a la ciencia, se había descubierto muchísimo más de lo que se imaginó, y ahora estaban abriéndolo al mundo gracias a esa idea que Emma plantó en sus mentes, una joven desconocida, una bibliotecaria que solo se pasaba horas encerrada en soledad con libros. Esa misma mujer encendió las alarmas de que algo de todo aquello podía suceder y era demasiado grande y atrevido para no intentarlo.

Así como el primer día que comenzaron a construirlo, se encontraron emocionados y arriesgados. Pero esos seis meses no fueron estáticos. El tiempo siempre muestra la cara de todos, y allí estaba descarado para hacerse notar.

Mientras Emma se instaló con la ayuda de Chivito en una cómoda casa en las cercanías de la Máquina de Dios, los verdaderos colores e intenciones comenzaban a mostrarse entre ambos, como si saliesen ocultos de sus entrañas; allí estaban emergiendo, marcando diferencias entre ellos. Porque una cosa era visitarse y compartir momentos que ellos mismos establecían, pero muy diferente era convivir.

Se encontraba sumergida en el armado de su proyecto, ese que traería de nuevo el amor perdido. Pasaba tantas horas comprometida en eso que no le quedaba tiempo para sí misma, y menos para Chivito. Pero ese no fue el problema, ojalá lo hubiese sido.

Todos los anillos de las personas transmitían las noticias de gran convocatoria, eran épocas de auge, épocas de conocimientos, y todos creían engañosamente que el Colisionador era algo frio y distante, por lo cual, lo consideraban elitista y de buena ciencia, solo para grandes pensadores.

Pero se equivocaron en algo, no era elitista, ni frio, ni distante, estaba más cerca de todos los seres humanos de lo que pensaban, y eso Emma se los demostraría.

12

La ansiedad de Emma era tan grande que ni ella podía creerlo. Siguió trabajando duro, los días pasaban y la labor aumentaba.

La prensa comenzó a bombardear el lugar y a ella con preguntas, se quitó el anillo para retener su concentración, estaba rodeada de gente demasiado entendida y debía prestar gran atención para poder seguirlos.

Pero Chivito, él disponía de tiempo y celos, disponía de ego. Comenzó a responder inocente las entrevistas de cómo llegaron hasta allí con la idea de Emma. Esa luz del holograma lo hizo perderse. Se perdió con una ridícula sonrisa frente a los reporteros que lo perseguían para saber más.

Emma era noticia, sin duda, una joven sin estudios, sin nada, estaba en uno de los lugares más significativos del mundo, donde la ciencia residía, y muchos otros calificados querían estar y no podían. Rodeada por la envidia de muchos, siguió con seriedad su sueño.

Y en todo ese mareo virtual y real, tuvo que tomar una decisión difícil.

Chivito no era el mismo, se había creído lo que los anillos hacían lucir. Una realidad que se asemejaba más a un falso metaverso, frio y solitario. Las escasas horas que Emma otorgaba con gran dedicación a Chivito se hundió por las constantes entrevistas y tiempo que él daba al mundo para darse a conocer.

—¿Por qué haces esto? No es necesario que estés sumergido todo el día en tu anillo —reclamó Emma.

—Es necesario, hay que promocionar tu trabajo y de paso el mío. Si no, nadie se va a enterar y tu deseo no llegará a donde debe —explicó él con seguridad mientras tendía su mano para acariciarla y darle tranquilidad.

—No lo sé, Chivito, esto está cambiando de un modo que no me está gustando. Demasiado trabajo tengo, mucha responsabilidad, y el poco tiempo que me queda me gustaría poder compartirlo contigo de manera más genuina, no tan distante, no se puede hablar si estás dentro de tu anillo —dijo con carraspeo al pronunciar aquellas últimas palabras—. Además, no necesito que promociones nada, si funciona, el resultado hablará por sí mismo. Y tú…

—¿Tú qué? —preguntó él prestando poca atención mientras observaba algunas de las conversaciones que tenían sus repartidores.

—Tú ya no eres el mismo, no hay más días libres, no hay más miércoles de fiesta, no hay más besos, no hay más… tiempo. Siendo que yo soy la que está día y noche trabajando, aun así, dedico con profundidad lo poco que me queda al amor, pero tú no puedes salir de allí. Te jactas de ser diferente, de llevar adelante la fábrica que intenta establecer viejos vínculos perdidos… pero te la pasas usando eso, mirando vidas ajenas, controlando. ¿Qué? ¿Para qué? ¿Acaso te has olvidado lo que profesabas? ¡Mírate! —exclamó Emma en un intento para que reaccionara— Hasta te has cortado el cabello.

—Es trabajo, Emma, tú debes saberlo más que nadie. Si no, ¿de dónde crees que surge todo el dinero para mantener esto, mientras tú juegas con la ciencia? ¿Acaso crees que puedes pagar la mantención de esta casa con tu sueldo de bibliotecaria? Debes ser la única clienta que hay en ese lugar —dijo con tono duro.

El mundo cayó en mil pedazos para ella. Chivito ya no lucía como antes, olvidó el amor y comprensión que sus ojos y sonrisa pícara antes mostraban. No se presentaba alegre con ella. Lo veía solo con su anillo, no tenía más días otorgados e ideados para ambos, el amor parecía descender.

—Supongo, somos tan mortales e insulsos como todos, y perseguir al amor no nos hace diferente ante su fracaso —dijo Emma mientras se incorporaba y caminaba por la sala tomando distancia de él.

—Siempre exageras todo, Emma, esto es bueno —agregó habilitando su anillo para que ella viera el holograma, observaba las conversaciones que tenía establecidas en simultaneo con otras 8 o 12 personas, sentado en una mesa de un bar que no existía.

Por el anillo percibió el aroma de un perfume que le era desconocido, ella lo rechazó de manera nauseabunda. Buscó con la mirada de dónde provenía y al encontrarse las miradas lo supo.

—Ella es Emma —dijo Chivito a sus amigos, o clientes, o lo que hayan sido.

Todos saludaron con discreción a la intrusa que se asomaba parada en la mesa del bar.

Emma solo tuvo que observar una vez para saber que ese aroma nauseabundo, putrefacto, surgía de otra mujer que para su muy mala suerte Chivito le sonrió, con esa sonrisa que hacía en el pasado. Percibió la altanería de él, el viejo humilde lechero repartidor que existía en la humanidad había muerto. Solo quedarían sus empleados, que tras la desaparición de Chivito también en cuestión de tiempo se irían.

Chivito se tentó abandonando sus ideales, entregándose al frio metal extremista del mundo que una vez rechazó. Con elegancia, Emma se despidió no solo del grupo sino también de Chivito, para siempre.

Ella quería un mundo quizá utópico, con suficiente amor integrando a la tecnología de manera coherente y balanceada. Sabía muy bien cómo se podía transformar el ser humano con su manera de ser, lo mostraban los hechos a lo largo de la historia, siempre egoísta, «si fuesen menos ambiciosos, podrían aprovechar mil veces más a la tecnología y lo que ella les entregaba, sin daño, sin olvidar sus corazones, pero el corazón… no lucra».

El clima era esplendido, el sol brillaba anunciando la vida a pesar de que ella, en cierta forma, moría. Chivito era orgulloso, no daría el brazo a torcer, no revelaría jamás su verdad. Era un irresponsable nato. Por eso fue más simple ignorar los reclamos de Emma. Olvidar que existía y seguir sumergido en su mundo, en su metaverso. Ella también tenía su orgullo y no era paciente.

Se dirigió a lo único que podría darle amor, fue tras su sueño, a esa máquina para encontrar a Beethoven.

Dispuesta estaba a traerlo otra vez, pero para cambiar el mundo frio en el que se sumergían las personas, ese irreal que conectaba sus sentidos de manera posthumana al esclavizante y adictivo anillo, ese universo que estaba a los ojos de Emma muy, muy lejos de lo que era el amor. Y contempló por última vez la mirada extraviada de Chivito que la había olvidado, y negó dejar caer una lágrima; después de David, sabía que no valía la pena. Mientras recordaba, y se consolaba, con aquella carta que tanto le significaba, que ahora le recordaba a Chivito.

Mira la hermosa naturaleza
y consuela tu alma
acerca de lo que debe ser – el amor
lo pide todo y completamente y con razón.
Así es para mí contigo, para ti
conmigo – solo que olvidas
tan fácilmente, que yo debo vivir para mí y
para ti, si estuviéramos
completamente unidos, tu
sentirías este dolor
tan poco como yo -
mi viaje fue aterrador.
Llegué aquí recién a las 4

de ayer a la mañana.
como faltaban caballos,
el cochero eligió otra
ruta pero que

horrible camino, en la penúltima
posta me advirtieron
acerca de viajar de noche,
tratando de asustarme de un bosque,
pero esto solo
me pareció un desafío – y yo estuve
equivocado, el carruaje tenía
que romperse
en tal terrible ruta,
una ruta de lodo sin fondo.[4]

---

[4] Continuación del fragmento de Carta a La Amada Inmortal.

13

El día había llegado. La máquina estaba lista, su gran computadora y pasadizos a través del túnel eterno la observaban. Emma petrificada ante el inminente momento aguardaba la orden, la señal de los pensadores, los sabios, esos científicos que la estudiaron de arriba a abajo con su descabellada idea, esa que atrevida se presentó en aquel inmenso lugar dirigiéndoles la palabra y más tarde formalizó en el concurso.

Pero ahora se encontraba en el verdadero momento, a un periquete de la verdad, de ese resultado que podía ser extraordinario o un verdadero desastre para siempre. La mano le temblaba por la emoción y la presión que le rodeaban, pero, aun así, optimista abrió aquella caja que contenía los datos del algoritmo con el que tanto habían trabajado.

El sol sin duda se desprendía de sus ojos, esperanzada mientras observaba el procedimiento.

Uno de los cinco principales doctores del lugar tomó el artilugio y lo introdujo al complejo circuito que armaron en la avanzada computadora, en que trabajaron por meses en un intento por que leyera el algoritmo de Emma; cada detalle de la vida de Beethoven, cada canción suya, cada escrito, de manera minuciosa. Todos aquellos datos de esa grandiosa persona estaban allí en ese minúsculo circuito integrado que prometía la vida.

El hombre que parecía emanar sabiduría, que solo con su presencia llenaba el lugar, introdujo el chip liberando al algoritmo. Otros comenzaron a teclear diferentes letras o números, nadie podría entenderlos más que ellos mismos. Al finalizar, Emma fue invitada con cordialidad para que presionara la última tecla.

El aire, que era silencioso y mudo, se tornó más pesado que La Gran Pirámide de Khufu.

Todos aguardaban observando con detalle los dedos del científico que se movían a gran velocidad trayendo la vida.

Se reporta que todo sucedió muy pronto, tanto que Emma no tuvo casi tiempo a pensarlo, fue como si aquella gran computadora tuviera el acceso y manejo de la velocidad de la luz.

Los datos llegaron del chip a la computadora madre.

El algoritmo de Emma estaba listo.

Todo fue armado por ese maravilloso equipo de profesionales, aquellos que trabajaron como sucedió años atrás, cuando habían descubierto hacia muchísimo tiempo el Bosón de Higgs.

Viajó de la computadora al Bosón de Higgs que se hallaba en los túneles aguardando. Este comenzó, absorbiendo de manera asombrosa todos los datos que enviaba la computadora. Y luego… todo sucedió.

La fricción, el ir y venir, se sucedió en el túnel a gran velocidad, el campo de Higgs hizo lo suyo y algo tomaba forma cada vez más y más hasta que las partículas, los átomos, la masa, todo se sucedió en un instante. Hubo un sonido sordo que pareció meterse en los oídos de todos los presentes. Emma, asustada, no supo si había sucedido o solo era un infarto que estaría por tener otra vez.

Se acercó a la entrada del túnel junto a los cinco hombres. Con cautela y profesionalismo abrieron la compuerta que los separaba de él, ingresaron al oír un quejido agudo. Pálidos quedaron todos cuando observaron, suspendido en el medio del túnel, algo que parecía un embrión.

Fue cuestión de minutos o segundos, la emoción no les dejó ser conscientes del verdadero tiempo que habitaban.

El embrión se desarrolló en el mismo tiempo que lleva abrir la puerta de una caja fuerte. Pasó a ser feto, neonato, niño, adolescente, adulto, y al fin… canoso con sus cabellos prolijos como siempre fueron, su piel lívida parecía ser la de siempre, el mismo del cuadro, ese que había quedado tan lejano de ella.

«Yacía en bloque de pie audaz, valiente siempre en libertad, unas devoradoras miradas se posaban sobre él con acusadora inspección. Mi corazón se apasionó por él pues fui yo la responsable de traerlo hasta allí. Él, Beethoven, lucía radiante, como si los años no le hubiesen pasado. El blanco de su cabellera permanecía brillante con insistente vida de oro pasión. Recuerdo el primer día que llegué a trabajar en el Colisionador… Quizá fue admiración hacia su recuerdo, o mis eternas ganas de progresar, embarcada en desmechar, analizar y descifrar lo que aquel artefacto tenía realmente para dar. Así fue que hice colisionar los incontables átomos, dando una fórmula nunca antes vista. Calculé y apreté el botón que sin saber era el de la vida. Algo en el túnel colisionó. Y allí, frente a todos, surgió él, de pie frente a mí, como una joya recreada por aquella máquina, otra vez a la vida. Sus ojos parecieron descubrirme. Como si entre nosotros nos conociéramos, me pregunté si era por el amor que nos unía, el amor al romance, ese que solo él y yo entendíamos», recordaría Emma mucho tiempo después.

«Hoy, después de tantos años, cuando al envejecer, tanto como él en aquel día, lo rememoro tanto que duele, nunca pensé que el amor podría ser tan profundo como el abismo. Ni los kilómetros de aquel túnel podrían saber lo que nos unía. Cuánto lamenté en parte haberlo traído… siempre fui culposa y recuerdo su mirada rogándome en secreto ante la presencia de lo desconocido. Seguramente notó que yo era la indicada para que se dirigiese, porque no vestía de blanco como los otros, mi mirada proyectaba la admiración que él conocía. O quizá mi primo ideó instalar en los datos de aquel nanochip algún dato mío, mi nombre, o mi rostro, algún recuerdo que él utilizaría para reconocerme. Recuerdo como si fuera hoy. Me sentí avergonzada de haberlo expuesto; a diferencia de lo que imaginaba en mis sueños, él no llegaba con su espléndido piano de cola, ni con ese violín que tanto amaba. Llegó con lo que Dios lo mandó al mundo, y esa realidad me asustó tanto que quise devolverlo de inmediato a donde pertenecía. El problema era que ya no sabía a dónde pertenecía. Por suerte, uno de los tantos hombres de ciencia que nos rodeaba, se aprontó a brindarle una manta larga para cubrirlo. Era un clon de lo que los algoritmos y La Máquina de Dios crearon».

—¿Realmente eres tú? —preguntó con desconcierto, totalmente perpleja.

«Pero antes de que pudiera responder algo, una mano fuerte me tomó de los hombros guiándome pronto a la sala más cercana. Él llegó a los pocos minutos vestido con lo que le dieron. Se sentó a unos escasos metros de mí. Mi corazón latía frenético, afligía un gran peso, como si estuviese por sufrir un infarto del miocardio. Cuando al fin habló y oí su voz, ¡oh cuando oí su voz! Era tal cual imaginaba. Calma y dulce, alegre y bondadosa, crujía en el aire como sus melodías».

—Buenas —dijo con ese acento y voz tan propios.

Los científicos lo devoraban con la mirada, pero se hallaban fríos a una gran distancia de lo que yo en verdad sentía. Todos allí comprometidos por lo mismo, pero percibiendo tan diferente.

—¿Cómo está? —preguntó uno de los científicos de alto rango.

—Bien —contestó con seriedad, pero después de breves segundos, empezó a observar con mucha atención los labios de las personas, porque su pérdida auditiva estaba ya muy avanzada, como sucedió también añares atrás.

«Ese mismo porte que vi tantas veces estaba conmigo. Pero no era él. Era un clon exacto, tan idéntico físicamente, como también en lo intelectual y cognitivo. Y como lo sospechaba, mi primo me había dado un lugar en esos recuerdos que el algoritmo creó. Solo quería que de alguna manera él viniera para despertar a la humanidad, estaba esperanzada de que si lo podían ver y palpar, algo cambiaría. Deseaba que la gente lo oyera, que les trasmitiera en vivo lo que a mí me transmitía, esas ganas de soñar y apostar al sentir, aun en esa época apagada y fría. Ahora era la prueba de fuego, tenía que presentar a ese clon al mundo. La pregunta era, ¿qué resultaría de todo eso? La respuesta a eso fue la más tajante y directa que jamás pude haber razonado. Pero todo eso lo descubrí golpeándome contra mil millones de meteoritos», relataría ella muchos años después.

14

El mundo detuvo sus actividades, los ojos se posaron entre Francia y Suiza. Todos estaban en alerta a lo nuevo que surgió.

¿Qué harían con él? ¿Qué podrían hacer en el futuro con más personalidades grandes como Beethoven?, ¿acaso traerían a Einstein?, ¿a Newton?

Era demasiado lo que tenían entre sus manos. Mucho más de lo que jamás soñaron. Era de carne y hueso, con los recuerdos públicos y artísticos de su trayectoria, listo para crear posiblemente mucho más.

«Pero… noté algo que lo hacía diferente, y gracias a Dios lo noté, porque pude prevenir una catástrofe mayor. Antes de llegar a eso debo contar cómo se sucedió desde el inicio. Habíamos pasado un tiempo prudente conversando, él sabía perfectamente que era un clon, el mismo sistema que lo creó implementó esto en su cerebro. No estaba asustado, era tan valiente como el real. A mi entender, había que ser muy osado para escribir tantas maravillas románticas. Por eso di por sentado que el verdadero era en cierto valiente. Lo llevamos a una gran gala, una cena transmitida a millones de personas de todo el mundo que esperaban el evento. Ahí yo me volví un poco como fue Chivito, traicionera, echando a Beethoven al mundo virtual. De todas formas, yo estaba dispuesta a pagar ese precio, sabía que era la forma que tenía para intentar despertar los petrificados corazones de mi época. No había manera de llegar a millones a la vez que no fuera por su propio mundo adictivo».

Qué paradoja, porque todo se sucedió en esa noche como en un cuento, se hizo una gran presentación de él al mundo, hubo aplausos y muchas bienvenidas.

«Más tarde llegó la cena, aún recuerdo en mi boca el sabor de los exclusivos y deliciosos platos de esa noche. Vestí mi mejor traje, jamás me compré un vestido. ¿Para qué querría un vestido de fiesta una bibliotecaria? Una que jamás se relacionaba con nadie, que vivía aislada de la biblioteca a su monoambiente. No había oportunidades de fiestas. Además, me parecía tan iluso vestir así para que nadie en realidad lo viera, porque se hacía siempre a través de los anillos. Eso para mí no tenía ningún sentido. Quizá por eso me espantaba ante la invitación a una fiesta. Después del brindis llegó el momento de oro, ese que yo tanto esperaba. Lo anhelaba como un astronauta ir a otra galaxia. Una luz blanca iluminó el gran piano en el centro del salón, ese que quizá por primera vez en añares tenía personas reunidas de verdad. A pesar de que éramos pocos (los cinco, él y yo) esos anillos proyectaban cientos de personas distinguidas que vestidos elegantemente compartían ese momento con nosotros. Casi todo sucedió como esperaba. Casi… porque no todo sucedió. Se acercó al piano como soñé verlo siempre. Tomó asiento con esa sonrisa tan propia y única enseñando sus blancos dientes, esos que como nubes hacían juego junto a sus agradables cabellos. Pensé por momentos que estaba en el paraíso, porque al oír la primera tecla del piano los bellos de mi brazo se irisaron como a un ángel al volar. Pero cuando oí "Para Elisa". Cuando sentí su aliento salir de su mortal cuerpo, acompañando aquella composición, supe de inmediato que lo había logrado a través de la ciencia. Todo lo que yo deseé estaba allí y a los ojos de millones que le prestaban atención. El final de la velada me dio a conocer que todos nos habíamos equivocado, tanto ellos como yo. Todos éramos fanáticos en lo que cada uno hacía, y no vimos lo que en realidad teníamos. Y todo comenzó inocente, al menos para mí».

—¿Están anotando todo esto? Porque no voy a repetirlo —les preguntó Emma a los jóvenes periodistas que la rodeaban perplejos intentando oírla.

—Sí, por supuesto, señora —gritó fuerte uno de ellos para que lo oyera.

Estaba vieja, demasiado para relatar una y otra vez lo que había sucedido en aquella época. A sus 107 años, fue la última vez que contó su historia.

Dicen que en esa primera canción los ojos se le llenaron de amor, el sonido que irradiaban las teclas abrió las puertas a las lágrimas de Emma atravesadas en su garganta.

Pero cuando lo oyó leer esa vieja carta que a ella tanto le encantó, rompió en llanto por la pasión de su corazón.

Así se leyó la añosa y recordada carta a la Amada Inmortal que emanaba miel y arpa.

15

Emma aseguraba que el mundo percibió la vibración del piano. Elisa se hacía presente con dulzura, levantándose como tempestad ante todos, habría que haber sido más que sordo para que las notas no penetrasen al alma. Eso la llenó de regocijo ante el descubrimiento de esperanza.

Lo vieron, lo oyeron; lo tenían con sus cinco sentidos millones y millones a través de sus anillos.

Todo se sucedió en calma hasta que…

Ella se acercó a él, y en un impulso lo abrazó como una admiradora se nutre del ídolo que se topa en la calle.

Él, que no era él, le sonrió. Emma pidió una canción especial, una para cerrar ese sueño que desencadenó todo lo que allí se sucedía.

—Fue hermoso el concierto, jamás había estado en uno. En realidad, nadie en estas épocas lo ha estado. Solo se hacen a través de… los anillos, cada uno en su casa, pero tampoco son canciones de este estilo, estas no existen más. —dijo con nostalgia en la voz, pero feliz de tenerlo a su lado.

—Gracias, Emma —respondió con una sonrisa. Y permaneció en un breve silencio.

Lo observó a los ojos, era la mirada de un cuerpo humano, la voz y recuerdos públicos de un cuerpo que una vez existió en el pasado. Pero el silencio, y la falta de palabras espontaneas, alertaron en ella algún tipo de vacío.

—Dejé mi trabajo, mi país, y los que pudieron ser mis amores por llegar hasta aquí contigo —le contó sin poder soltarlo, sosteniéndolo desde una de las mangas con temor a que desapareciera.

—Lo sé, fuiste implantada en mi cerebro junto a mis recuerdos.

—Es extraño, porque eres humano, en toda tu anatomía, pero fuiste desarrollado a la velocidad de la luz, por el Colisionador, el algoritmo brindó los datos necesarios para que la máquina te haga a la medida exacta. Y construí algo que quizá es la solución más dañina, hoy eres tú, ¿y mañana?

—Construir es una palabra para objetos, tengo entendido. Yo, mi cuerpo y mente, son humanos —respondió con seguridad.

—Entonces demuéstramelo —dijo con duda y lágrimas en sus ojos, algo en su interior le decía que no era él—. Toca una nueva sinfonía, una como soñé el día que pensé en la posibilidad de traerte. Una que hable amor, de una chica que vive sola en el mundo, perdida por las calles en busca de pasión, y las calles están vacías porque ya nadie piensa en el amor.

—¿Componer? —preguntó él con asombro en su rostro.

—Por supuesto, ¿eso no es acaso lo que tú haces? —advirtió con preocupación Emma.

Sentado en el piano, miró las teclas que toda la noche acarició, y solo pensar en componer, le resultó imposible. Tocó unas notas que nada tenían que ver con lo qué acababa de hacer hacía unos minutos atrás.

Como una persona que tiene Alzheimer, su cerebro estaba vacío.

—No puedo —dijo él sin dudar.

—Pero… ¿cómo es esto posible? ¡Todo lo hice para que haya alguien en este maldito mundo que pueda crear romance! Y tú, que eres el único que podría… me dices no ser capaz. Nadie ahora sabe hacerlo, porque fue dejado, olvidado hace años —expresó con desgarro para rápidamente arrepentirse—. Lo siento…

Levantó la vista y advirtió todas las personas que los observaban en silencio, petrificadas.

Se quebró y lloró más, tanto que los fríos corazones que la observaban se conmovieron. Todo lo que ella se había esforzado, todo lo que hizo para tenerlo allí… no sirvió de nada.

O al menos eso creía.

Los cinco se llevaron al artista a lo que sería su hogar, y la decepcionada fan preguntándose por qué se había equivocado tanto.

—No puede terminar todo así, algo está mal, pero, ¿qué? —se cuestionaba.

Dicen que esa noche durmió con el pensamiento entre sus sueños, todo lo que había vivido se entremezclaba con el descansar que transformó en una noche fatídica.

A la mañana siguiente, se levantó de manera rutinaria, pero el peso de sus ojos era arrastrado por las ojeras que le mostraban que aún vivía, esa sensación de existencia a media asta la hizo razonar.

—Él… siente solo lo programado, lo implantado mientras se desarrolló su cerebro. Eso significa que hay un vacío, ¿pero a qué se corresponde?

Pensó por largo tiempo, y percibió lejana, pero a la vez cercana, la respuesta, estaba en su interior y comenzaba a manifestarse, a armarse como se hace un rompecabezas, a tomar la dimensión de lo que en realidad era todo aquello.

Una palpitación de seguridad la sorprendió y se trasladó lo más veloz que pudo hasta la máquina. Llegó a los científicos y les suplicó que la escucharan, con desespero imploró e imploró, pues ahora desconfiaban de lo que ella decía.

—Deben creerme, estoy convencida que esto es así.

—No estamos seguros de eso, y no hay manera de comprobarlo, no al menos a través del conocimiento —dijo uno de los gobernantes de aquel sitio.

—Por qué mentiría o querría causarle algún daño a él si yo fui la que lo trajo aquí —expresó Emma exaltada.

—No decimos que mienta. Al contrario, confiamos en usted, si no, no hubiéramos accedido jamás a todo lo que se hizo.

—Entonces confíen una vez más. ¡Por favor!

—Invertimos muchísimo en esto, no vamos a destruir todo, estamos trabajando en traer a uno de los nuestros, la ciencia lo necesita.

—No, se equivoca, y va a cometer el mismo error que cometí yo. Además de hacerle un gran daño a la persona que trae. No lo hagan.

—A usted puede ser que no le haya funcionado porque es… No quiero ofenderla, pero romance. ¡Vamos!, no podía esperar demasiado.

—Es el peor error de su vida, no lo haga de nuevo. Ahora no sé qué va a ser de su vida, traje a un hombre a la existencia… ¡Sin alma! —soltó con desgarro.

Ambos permanecieron unos segundos en silencio, analizando quién de los dos estaba en lo cierto.

El ímpetu de ella era fuerte, eso les salvó la vida vacía a muchos, porque el científico percibió una posibilidad en esas palabras, y si existía una posible verdad, una realidad comprobable, entonces él debía investigar.

—Quiero un motivo, algo que yo pueda acreditar en mi mundo de ciencia de lo que tú ves en el tuyo espiritual, y buscaré la respuesta —dijo serio.

Emma tragó saliva, sabía que era momento de mantener la calma para poder transmitir lo que estaba convencida a un hombre de ciencia. No quería echarlo a perder, no estaba dispuesta a cargar en su conciencia que más personas llegasen al mundo sin alma.

Era una verdadera tortura para ella considerando que siempre fue una defensora de lo natural.

Debía repararlo, o al menos detenerlo, no permitir que trajesen más personas. Respiró profundo y habló tranquila y pausada para ser oída, pues el resto de lo que sucediera ya no dependería de ella.

—La IA programa todos los datos, recopila de manera acertada, sí. El Colisionador de Hadrones toma a través de su computadora los datos, el algoritmo, y lo lleva a la realidad utilizando sus túneles, creándolo casi humano a través del Bosón de Higgs, sí —dijo Emma con esfuerzo para que se tomara cada palabra en cuenta—. Pero hay algo que ni la IA ni el Colisionador pueden darle al cuerpo humano, el alma. Estoy convencida que el alma es la materia oscura, por decirlo de una manera, es lo que Dios nos da, y eso ustedes tampoco lo pueden ver.

Ese era el problema que había surgido, y como ella lo había creado, estaba dispuesta a resolverlo.

16

—Isaac Newton lo dijo, tú más que nadie debe saberlo —dijo Emma de manera afirmativa.

—¿A qué te refieres exactamente? —preguntó el científico mientras se servía el cuarto café y oía atento haciendo un análisis de lo errado en su teoría.

—Ambos, espacio y tiempo absolutos, son los órganos sensoriales de Dios, lo que garantiza su omnipresencia y eternidad. Newton lo dijo.

—¿Y qué me quieres decir con eso? No es un argumento para nada, ni siquiera siendo verdad, no tiene ninguna relación con lo que presentas. Y que lo diga Newton tampoco le da nada de credibilidad.

—Pues yo sí estoy convencida que ese espacio es el alma, donde habita el amor que solo Dios puede dar. Por lo cual, siempre nos va a faltar algo con la IA y la máquina, o cualquier tecnología, eso es algo natural que se nos otorgó a nosotros los humanos. Ese espacio no lo pueden completar los datos de ningún tipo de ciencia. Pueden simular querer, como otros estímulos o situaciones; pueden imitarla, pero jamás tendrán un alma.

—¿Cómo puedes estar segura de que el alma existe? Podría replicarte que es una invención humana, solo el cerebro necesitamos. Quizá a tu artista le falta tiempo para madurar en estos tiempos.

—¿Madurar? —preguntó con ironía Emma—¿Está seguro de eso Dr. Janez?, me extraña de alguien tan experimentado como usted. Haga la prueba; transporte su cerebro al metaverso para siempre y pida matar su cuerpo. Deje sus recuerdos allí, usted bien sabe que solo son eso… datos, como la IA, sin alma. ¿Entiende lo que deseo transmitir? No se trata de madurar, se trata de eso que solo Dios nos puede dar… dar para amar.

El Dr. Janez prometió analizar todo lo conversado. Por un lado, estaba el visitante que construyeron en base de datos recopilados, seguramente en esos momentos preguntándose qué haría de su vida. Porque él vivía, respiraba el mismo aire que todos los demás. Los órganos de su cuerpo sufrían las mismas cuestiones propias de su edad.

«¿Acaso para eso lo trajimos?, ¿para volver a padecer lo que los últimos años de su vida ya transitó? Si el alma es esencial, como dice Emma, y la necesita para crear, ¿entonces de qué sirve haberlo traído? Sería algo como… ¿el primer holograma de carne y hueso?», pensó Janez.

No tenía certezas, pero por algún motivo confió en esa mujer. Del porqué no volver a hacer aquel experimento, al menos por el momento, hasta los próximos largos años, hasta que la ciencia tuviera más certezas.

Pasaron unos días cuando se volvieron a comunicar, de eso tampoco hay registros, pero dicen que se prometió dejarlo bajo llave, clausurado el proyecto al que llamaron "El Algoritmo de Emma".

De lo que quedó registro fueron los documentos que se firmaron entre los 10.000 científicos que así lo establecieron. No volver a utilizar el experimento hasta que pasasen 100 años. Así se asegurarían tiempo para avanzar más en la ciencia, a todo lo que necesitasen.

Daban las 10:15 hs de la mañana y Emma hizo sonar en su pequeño monoambiente aquella canción que tanto amaba. Volvió a su rutina, a su biblioteca, al mundo de ese anillo del que tanto anhelaba escapar y hacer huir a los demás.

—Se encuentra alguien en la puerta de entrada, lo identificamos como desconocido —anunciaba la cálida pero robótica voz.

Sonrió, abrió la puerta. y con una reverencia dejó ingresar a ese hombre que era idéntico al de su cuadro en óleo, el mismo que el de las tapas de sus vinilos. Pero diferente persona, un clon.

Igual lo observaba con cariño, pues estaba allí en su mismo tiempo, en su mundo, al menos podría servirle de consuelo a su fracasado proyecto. Él se había trasladado desde Europa para visitar a Emma, pues era la única persona en ese mundo que su cerebro reconocía como próxima.

—Es muy amable que me visite esta mañana —dijo ella—, hace solo unos instantes estaba deleitándome con su sinfonía. ¿Se le ofrece un café?

Él tomó asiento en la prolija mesa de la casa, ella ocupó un lugar a una corta distancia para poder apreciar cómo era el brillo de sus ojos.

—Siempre es agradable visitarla, es difícil comunicarse con usted a través del anillo.

Ella dirigió la mirada a la mano de él con el moderno anillo. No supo si sentir culpa o pena. Pero hizo su mejor esfuerzo y sonrió sabiendo que él entendería mejor ese gesto que alguna otra palabra.

—Lo sé, es algo con lo que creo nunca me llevaré bien del todo, aunque, por supuesto, tengo mis días en que me pierdo unas horas en él. Pero me rehúso a vivir para todo conectado a esto. Lo que estamos haciendo ahora mismo lo podemos hacer sin él, ¿no? —dijo él y luego prosiguió tras una pausa— Esta semana terminan de hacerme todos los estudios de seguimiento. Dicen que puedo hacer una vida libre, sin restricciones, lo que crea conveniente para mí. Van a mantener los gastos y la casa que me dieron. A mi edad mucho más no podría hacer, mi cuerpo está cansado.

—Lo siento, supongo que todo esto es mi culpa, no traje un beneficio para ti, ni para el mundo que no puede contemplar aún… Sin amor —dijo Emma mirando por su pequeña ventana al sol en alto y unas ramas de árbol cuyas hojas se balanceaban de un lado al otro con el soplar del viento.

Bebieron su café humeante mientras se perdían en extensas y agradables charlas, esas que probablemente el verdadero Beethoven había realizado en alguna oportunidad, y luego la piel de ella se erizó cuando oyó la voz de la puerta.

—Se encuentra alguien en la puerta de entrada, lo identificamos como el ex residente David Grunsfeld.

Emma abrió los ojos como plato, la sorpresa era grande, después de tanto tiempo apareció allí. Nunca supo nada más de él y ahora se pronunciaba retornando como los muertos. Miró a Beethoven y un sudor recorrió su piel, estaba nerviosa, no esperaba tener dos compañías de tamaña talla y menos juntas.

—Con permiso —dijo y se dirigió a abrir la puerta. Lucia igual de hermoso como la última vez que lo vio, su mirada era traviesa como siempre, sus ojos emanaban el imán y cuando le habló, su voz le trajo el recuerdo de lo que juntos hicieron alguna vez; esa loca idea de llevar una obra de Beethoven a una plaza que ya no tenía artistas.

—¿Puedo entrar? —preguntó David.

—Por supuesto —respondió abriendo más la puerta e invitándolo a sentarse en esa misma mesa con Beethoven.

—¿Café? —ofreció algo nerviosa mientras le servía antes de recibir confirmación— Él es…

—Lo sé —interrumpió David estrechándole la mano—. Todo el mundo lo conoce, también lo vi.

—Él fue mi compañero por mucho tiempo; no recuerdo el número con exactitud, pero fue mi vecino por cerca de tres años. Es de quien le hablé, ¿recuerda la canción suya que le conté?, es David quien tocaba el piano, hacíamos el intento de conmover a las personas llevando sus sinfonías —contó algo avergonzada.

—Recuerdo muy bien lo que me ha dicho, Emma, mucho gusto David.

—¿Qué te trae por aquí? —preguntó ella al nuevo llegado.

—Si no les molesta creo que me debo retirar —dijo Beethoven poniéndose de pie.

—No, no, de ninguna manera, y no ha terminado su café, quédese.

Beethoven volvió a tomar asiento y bebió un sorbo de café algo incómodo por la insistencia impuesta.

—¿Entonces, David? —repitió.

—Estaba algo preocupado por ti, y por él.

—¿Por nosotros? —pronunció con asombro— ¿Por qué lo estarías? Si hace mucho tiempo te fuiste de mi vida, y a él… no lo conoces en cierta manera.

—Sé lo importante que fue en tu vida, Emma, y que lo es aún. Después de todo lo que se publicó del cierre del proyecto, y el fallido resultado, me pareció conveniente hacerte una visita. Para ver cómo estás, ver si puedo ayudar en algo.

—¿Ayudarme en algo? —dijo con sorpresa Emma —¿Y Fortuna?

David sonrió con picardía y sus ojos se iluminaron cuando la nombró.

—Ella está más hermosa que nunca, pero déjala donde está. Solo vine como amigo, gracias a tu loca insistencia conocí el amor. Me debía hacerte esta visita, por ti, por mí.

—Lamento defraudarte, pero no hay nada para ver aquí. Todo está terminado.

—¿Y el hombre que andaba contigo mientras desarrollabas el proyecto? Ese que daba notas por todos lados tomando tu talento —interrogó con divertida burla en su voz.

—Chivito. Él se fue...

El ambiente se tornó incómodo y pesado para los tres.

—Lo lamento.

—No lo lamentes, es lo mejor que me pudo pasar, él era el peor vicioso enmascarado al anillo. El único vendedor que existía en nuestro mundo cerró sus puertas a la realidad. Ahora puedes buscar su producto en el anillo y el dron lo trae.

—No todo es lo que parece, entonces.

—No, por suerte pude escapar a tiempo.

—Me alegro por ti —le dijo. Luego miró a Beethoven y le habló a él—. Tú sí que tienes talento.

—Voz y recuerdos instalados, pero no talento, no puedo componer —dijo con calma en su voz.

—Uf, si yo tuviese tu manera de tocar el piano y ese don para llevar una sinfonía, te aseguro que no me haría problema con la composición.

—¿A qué te refieres? —inquirió.

—Que no lo necesitas, el talento está igual, pero de otra manera —respondió alegre mientras bebía su café.

—Sí importa —interrumpió Emma seria, sin comprender lo que decía— ¿Cómo transcendería a las personas? ¿Cómo llamaría su atención? No es suficiente repetir lo que se hizo hace 300 años atrás.

—¿Y por qué le das toda la tarea a él entonces?

Lo pensó un momento, se detuvo en esas palabras que acababa de decir.

En alguna parte tenía razón. Su corazón caído pareció volver al ruedo, como si subiera a la pendiente de una montaña rusa, acelerada y expectante al resultado. Su mente se iluminó. Tenía frente a sus ojos todo lo que necesitaba para lograr su objetivo, para revivir el amor.

Los tres estaban allí.

El hombre de las manos angelicales que tocaban de manera mágica el piano; el hombre que inició el camino junto a ella, profesor de música, sabido para tocar instrumentos, y que ya lo había demostrado de manera muy descarada en la plaza; y la mujer dispuesta a llevar y organizar todo lo que fuera necesario para que ellos juntos funcionaran.

Aún con su sueño en la garganta, quedó pensativa y luego reaccionó despertando.

—Es verdad, tienes razón, ¡cómo no se me ocurrió antes! —exclamó enérgica Emma.

Los invitados se miraron sin comprender demasiado a qué refería, pero se olía en el aire.

—¡Vamos a hacerlo! ¡Devolver el romanticismo, lo clásico al mundo! ¡Como en sus inicios! —exclamó poseída por la pasión— Y lo haremos los tres juntos.

—¿Juntos? —preguntó con sorpresa David— ¿A qué te refieres? Me asustas, Emma.

—Mi cerebro tiene partes vacías, no sé cómo podría ayudar, más a mi edad —dijo Beethoven confundido.

—No es un problema eso —respondió ella—. Quizá tú no puedas componer porque no tienes el alma del verdadero Beethoven, pero tienes su imagen, su manera de tocar el piano y llevar una orquesta. Eso es lo que harás.

Hubo una pausa en la que los tres se miraron y no respondieron, esta prosiguió.

—Tú, mi querido y olvidado David, tocarás un instrumento acompañando a Beethoven y darás la nueva música, las partituras a… a las letras de amor que yo escribiré para el mundo. Creo que puedo hacerlo, tengo el amor, tuve al mejor maestro del romance durante años, que inspiró mis sentimientos, día tras día, sonando en mi hogar —dijo convencida.

—Es… atrevido, teniendo en cuenta que a ti te cuesta comunicarte —agregó David.

—Es verdad, pero lo siento en lo profundo de mi corazón, una pequeña voz anima a mi mente, que si lo intento con ayuda de ustedes podría lograrlo, por lo menos intentar. Puedo no saber comunicar bien algunas cosas a las personas, pero a un papel… ¿por qué no? Es una posibilidad, el talento lo construimos entre todos, como un equipo, sumando lo que cada uno puede aportar, imagina, seríamos la primera composición de romance después de…. ¿Cuántos años? —argumentó.

—Muchos —respondió él.

—Tantos que increíblemente muchos ni conocían la quinta sinfonía —dijo Beethoven.

—Hasta que lo traje de nuevo —le dijo Emma tomándole la mano y luego extendiendo la otra a David— ¿Están dispuestos a revivir el amor en el año 2120?

17

Cuentan que así se sucedió, los tres emprendieron la aventura en aquellos años. Uno con un piano transportable, la imagen y la dirección de la orquesta. Otro con un violín y la habilidad de componer. Y alguien que escribía las letras. Al tiempo se les sumaron otros artistas que cantarían o tocarían junto a ellos.

Comenzaron en la misma plaza donde David había conocido a su gran amor. Sin duda fue un detenerse para el mundo que se encontraba ahogado en el individualismo, viraron sus ojos a contemplar lo desconocido, algo no experimentado, canciones de romance con una orquesta que robaba la atención de cualquiera.

Al comienzo, fueron pocos los transeúntes que convocaban. Pero los tres mosqueteros y sus músicos insistieron y se presentaron una y otra vez, hasta que un día la plaza les quedó pequeña.

No había teatros en esas épocas, con los anillos se realizaban los eventos de manera virtual. El teatro en sí era algo tan antiguo y olvidado como Shakespeare, porque claro, todos lo conocían por su nombre, pero nadie lo leía, era solo un cuento para arriesgados que pasaba de boca en boca.

Y allí estaban ellos rompiendo lo que el anillo establecía; desarticulándolo para armar otro nuevo, uno más real, presencial.

Solo un año después de iniciarse, mandaron a construir, con el dinero que fueron recaudando, el primer teatro, donde se presentaron a una gran cantidad de público.

La única consigna para poder presenciar la orquesta era que sea físicamente. El que quisiera oír aquella novedad que resonaba por todos lados, podía hacerlo, pero de manera presencial.

Aún se lee, después de 77 años, en la puerta del viejo teatro, el primero de los muchos que abrieron, una leyenda indicando: "Prohibido el ingreso con anillos".

David se casó con Fortuna y tuvieron un hijo que también fue músico. Emma, irónicamente, no tuvo un amor de carne y hueso, pero le fue más que suficiente escribir lo que ella soñaba de este, y era feliz cuando veía que su esfuerzo daba resultados. Ella lo vivía a través de lo que escribía, y más que eso no necesitaba. Pero al tiempo, porque el amor no tiene límites ni edad, ya anciana, se enamoró perdidamente de unos ojos color celeste, un gringo con los ojos más bellos que alguna vez vio. La mirada profunda se fusionó a la suya junto a la voz entrecortada de la vejez que otorgaba sabiduría. Una vez casados, se fueron de luna de miel a Oymyakon, donde dicen derritieron el hielo con su pasión. Así pasaban los pocos años que les quedaban, juntos, amándose como jóvenes en primavera.

Emma a los 107 años hizo su última entrevista y canción de amor.

Lo que sí es seguro es que las personas dejaron por un momento sus anillos, y se comenzaron a mirar otra vez a la cara, se volvían a tomar de las manos, a tener citas espontáneas, a creer en el amor y ser empáticos unos con otros por el sano hecho de amarse.

Fueron varios los años que tardaron en resurgir, pero fueron suficientes para que el motor del corazón arrancase una vez más en la humanidad.

Una nueva época de oro, la llamaron algunos, un resurgir al amor, al romanticismo, a la naturaleza, a lo esencial… a la vida. Sin tanta tecnología, sin vanidades, solo un humano frente a otro, con un beso, una caricia… y una canción de amor.

EPÍLOGO

Era el año 2220 y el mundo había cambiado, todo se había vuelto más humano después de la irrupción de Emma.

Lo que se creía que sería una sociedad súperdesarrollada tecnológicamente, lo fue, pero sin los vicios pasados. Las personas se habían volcado a explorar sus sentimientos, el amor, y notaron que con el respeto al otro obtenían mejores resultados en todo sentido.

La contaminación ambiental era casi inexistente, las formas de vivir se modificaron, pues todos sabían a dónde apuntar, sin ambición.

Los vendedores resurgieron abriendo locales. Las bodas estaban en auge, las familias cotizaban. El amor, los valores morales aumentaron. La pasión de Emma había dado sus frutos.

Pasaron los 100 años y El gran Colisionador de Hadrones, como estaba estipulado, se mantuvo clausurado al proyecto que había traído de vuelta a Beethoven. Pero una vez pasado ese arreglo, un nuevo grupo de científicos abrió nuevamente la ventana que había sellado el Dr. Janez. Estaban convencidos que si de ello sucedió algo bueno, por qué no podría hacerlo de nuevo…

Y los entusiastas exploradores del universo abrieron aquel viejo y clausurado proyecto al que habían llamado El Algoritmo de Emma.

Apoyado por más de 10.000 nuevas mentes, dieron curso a su próximo destino, revivir a un conjunto de personas que podrían ser aprovechadas en esa actualidad que vivían.

Así introdujeron los nombres y datos en el dispositivo, y el túnel del Colisionador comenzó a hacer lo suyo, imprimir la lista de nombres:

Florence Nightingale
Nikola Tesla
Frida Kahlo
Elvis Presley
Aristóteles
Albert Einstein
Mary Shelley
Isaac Newton

Y para asegurarse que permaneciera presente el romance:
Margaret Mitchel.